도시락 2

도시락 2

발행일   2021년 6월 14일

지은이   김홍균
펴낸이   손형국
펴낸곳   (주)북랩
편집인   선일영   편집   정두철, 윤성아, 배진용, 김현아, 박준
디자인   이현수, 한수희, 김윤주, 허지혜   제작   박기성, 황동현, 구성우, 권태련
마케팅   김회란, 박진관
출판등록 2004. 12. 1(제2012-000051호)
주소   서울특별시 금천구 가산디지털 1로 168, 우림라이온스밸리 B동 B113~114호, C동 B101호
홈페이지   www.book.co.kr
전화번호   (02)2026-5777   팩스   (02)2026-5747

ISBN   979-11-6539-767-8 04810 (종이책)   979-11-6539-768-5 05810 (전자책)
         979-11-6539-793-7 04810 (세트)

도시락 2

만든 이 라홍교

북랩 book Lab

인간과 삶의 진선미

김홍균 작가가 지은 책『도시락』에는 작가의 삶의 이야기들이 글과 그림과 노래로 담겨 있습니다. 삶과 죽음, 암과의 동행, 가족 사랑, 교직, 시대사회상, 창작 등 삶에서 동고동락하고 이심전심한 이야기들이 피아노의 건반처럼 가지런히 펼쳐져 있습니다.

작가는 삶과 죽음, 교직과 학생, 시대사회와 인간, 생활과 창작의 경계에 뿌리내리고 자라는 꽃나무와 같습니다. 작가 자신이 살아온 삶의 기록들이 싱그러운 나뭇잎이라면 가족 사랑과 한국교원대학교 교육대학원에서 서로 만난 인연, 함께 노력한 한국미술교육학회 창립과『도시락』에 수록한 지인들의 작품 등은 아름다운 꽃들입니다.

작가는 진실한 사람입니다. 그가 지은『도시락』도 진실합니다. 진실은 한 조각만 봐도 전체를 알게 합니다. 명작이 우리를 감동하게 하는 것은 진실 때문입니다. 진실이 아름다움입니다. 그는 교육자의 최고의 교수법은 진정성이라고 합니다. 그의 시와 글, 그림, 음악에 내가 공감하며『도시락』의 서문을 쓰는 것은 작가와 그가 지은 책『도시락』에 대한 최고의 찬사입니다.

작가는 인간, 가족, 교직, 시대사회와의 관계에서 삶의 의미와 즐거움을 머리와 지식이 아니라 마음과 경험으로 표현합니다. 그는 삶의 모습들을『도시락』을 통해 시(詩), 글(書), 그림(畵), 음악(樂)으로 읊고, 쓰고, 그리고, 노래함으로써 그 의미와 즐거움을 사람들에게 전합니다.

작가는 여러 언어들을 활용해 진선미를 조화롭게 표현하여 종합예술을 이룬 듯합니다. 그는 교사가 되면서부터 문자언어로 시를 짓고 글을 쓰며, 시각언어와 조형언어로 그림을 그리고, 청각언어로 노래를 짓고 불러 왔습니다. 학생들을 그렇게 가르쳤습니다. 작가에게 배운 학생들은 진선미의 축복을 받은 것입니다. 그가 지은 책『도시락』을 열어 보는 사람들은 작가의 진실하고 선하며 아름다운 삶의 이야기와 그림과 노래에 공감하며 행복합니다.

인간과 삶의 진선미를 전하는 김홍균 작가의 제3『도시락』을 기다리며—

2021. 2. 5.

이창림(한국교원대학교 명예교수)

인연으로 버무린 도시락

첫 번째 도시락을 만들었었는데 재료가 남았다.

아니, 그림을 그리고 글을 쓰고 노래를 만드는 작업을 계속하고 있으니 재료야 늘 마련되고 있다고 해야겠지. 도시락을 또 만들어야겠다는 생각은 당연하다.

재료가 같다고 똑같은 도시락을 만들면 식상할 것 같아서 버무리는 방법을 약간 달리했다.

그러면 조금은 다른 맛이 나지 않을까?

버무리는 방법을 달리했다고 해서 크게 달라질 것은 없다.

첫 번째와는 반대로, 늘 생각해 왔던 것들을 먼저 풀어 쓰면서 그림과 시와 노래를 배치했으니 순서만 다를 뿐 그 나물에 그 밥일 것이다.

어떻게 버무려 보아도 결국은 내 인생 이야기였다.

그러다 보니 1권과 중복된 소재도 있다. 또한, 필요하다고 여겨지는 경우 1권에 실었던 시와 기출간 시집의 시를 몇 편 가져와 다시 실었다.

그리고,

인연 있는 사람들의 작품을 도시락 재료로 빌어 와서 버무렸다. 애초에 계획했던 일이다.

많은 지인들이 소중한 작품으로 도시락의 맛을 더해 주었다.

이번에도 편집 과정에서 김기주 님의 도움을 받았다. 컴퓨터 조작이 서툴러 큰딸 경은이를 애먹였고 둘째 딸 소연이와 조카 유미도 많은 힘을 보탰다. 담헌(湛軒)이 써 주신 제자(題字)는 1권에 이어 그대로 사용했다. 도움을 주신 모든 분들께 감사드린다.

무엇보다도 옛 제자와의 인연을 차마 떨치지 못하고 애정 어린 말씀으로『도시락』의 첫 머리를 장식해 주신 대학원 은사님 이창림 교수님께는 두고두고 고마움을 표하리라 다 짐한다.

　맛이 있었으면 좋겠다.
　첫 번째 도시락과 조금 다른 맛이 난다면 더욱 좋겠다.

2021. 2.

김홍균

도시락 텃밭

초등학교 2학년 때 같은 반 짝꿍이 만화를 기막히게 잘 그렸다. 그걸 보고 만화를 그리기 시작하면서, 나는 깊숙이 만화 속으로 빠져들었다. 가슴속 에는 여전히 나만의 만화를 그리고 싶다는 소망이 있다.

초등학교 3학년 때 호남예술제에 학교 대표로 참석하여 산문에 입상하였다. 그때부터 나는 글을 잘 쓴다는 자신감을 갖게 되었다. 문학가를 꿈꾸지는 않았지만 삶의 모습을 글로써 표현해 보는 작업은 즐겁기만 하다.

고대에 진학하여 맨 처음 오르간 앞에 앉았을 때 온몸에 전율이 흘렀다. '내가 악기를 다루게 되다니!' 틈만 나면 오르간 연습에 매달렸다. 지금도 피아노 앞에 앉아 있으면 시간 가는 줄을 모른다.

2019. 11. 김홍표

제1장

삶과 죽음

◁ **[매화]** 31.0×46.8cm 종이에 연필

2019. 11. 고홍균

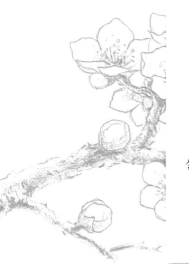

꽃은 피어도 곧 지고
사람은 나도 이윽고 죽는다.
이 허무한 법칙은
생명이 있는 것들의
피할 수 없는 운명인 것이다.

살고 죽는 데에 대한 생각을 없애 버리면
쓸데없는 욕심이나 두려움이 없어진다.

– 『대반열반경』에서

1. 삶과 죽음 사이

공포는 직시하면 사라진다. 두려움이란 실체를 알지 못하는 데에서 기인하는 것이다. 피할 수 없으면 즐겨라― 옳은 말 아닌가?

"두려워하지 말라. 내가 너와 함께함이라."

이동용 침대에 누워 바라보는 수술실 천장 위에 성경 말씀이 적혀 있다. 몇 번째 보는 글귀이지만 솔직히 두렵지 않다.

나는 알고 있다.

간이나 폐의 일부분을 잘라 내는 수술은 그렇게 위험하지 않다는 것을. 간이나 폐에 근본적인 문제가 있다면 몰라도, 전이된 암 덩어리를 제거하는 수술이므로 그로 말미암아 간이나 폐의 기능이 정지되는 일은 없을 것이라는 것을.

목사님일까? 한 분이 가만히 다가와 예전처럼 속삭이듯 말한다.

"교회에 나가십니까?"

"아니요."

"기도해 드려도 되겠습니까?"

"감사합니다."

성공적인 수술을 기원하는 그분의 기도를 들으며 나는 생각해 본다.

'이번에는 마취되는 순간을 느낄 수 있을까?'

왜, 영화를 보면 마취되는 장면들이 있지 않은가? 의식이 가물가물해지며 앞의 사물들이 점점 흐릿해지는 장면 말이다. 나는 그 순간이 정말로 궁금했었는데, 일곱 번의 전신마취를 했음에도 한 번도 영화 같은 장면을 경험하지 못했다.

"긴장 풀고 심호흡하세요."

마취되기 전 의사 선생님의 목소리를 듣고 눈을 뜨면 이미 수술은 끝나 있었다.

2012년 10월.

대장 내시경을 하다가 암이 발견되었다. 직장암인데 간과 폐에까지 전이되어 수술도 불가하다고 했다. 1년도 살지 못할 것이라고 했는데, 5회의 수술과 15회의 방사선 치료 그리고 47회의 약물 치료를 받고 이 글을 쓰고 있는 지금까지 잘 살고 있다.

암.

삶과 죽음 사이의 이야기를 조금 해 보고 싶다.

[숨을 쉬다] 26.6×20.2cm 종이에 수채 ▷

2019. 3. 윤숙

병실에서

유리창 밖
안산 중턱에
싯누런 타워크레인이 서 있다

이제
푸른 숲이 또 찢겨 나가고
육중한 건물이 암세포처럼 들어서면
점점
숨이 가빠지는 안산

지칠 줄 모르는 인간의 욕심 앞에
야트막한 안산의 수풀은
조각난 나의 폐처럼 자꾸만 줄어드는데

그래도
안산의 나무들은
작은 이파리를 파란 하늘에 대고
조용히 숨을 쉬고 있다

살고자 발버둥 치지 아니하며
절망하거나 포기하지 아니하며
존재하는 순간, 순간을
저렇게
담담히 살아가고 있다

혼자 부르는 노래

김홍균 작사 작곡

서 산 에 해 지 고　　　땅 거 미 내 려

어 둠 이 시 나 브 로　내 몸 을 감 싸 면

가 만 히 불 러 본 다　정 다 운 그 - 노 래

추 억 이 묻 어 나 는　그 리 운 그 노 래

어 둠 이 짙 어 갈 수 록　별 은 더 밝 게 빛 나 고

외 로 움 더 해 질 수 록　꿈 은 뚜 - 렷 이 다 가 와

혼 자 서 불 러 보 는　정 다 운 그 - 노 래

바 람 결 따 - 라　　잔 잔 히 흐 른 다

2. 버리기

죽음은 곧 모든 것을 버린다는 걸 의미한다. 아니, 버려진다는 게 더 적절한 표현일 것이다. 그렇다면 살면서 버려야 할 것은 무엇일까?

'내가 암이라고…?'
그 순간 아무런 생각이 들지 않았다.
수면 마취가 아직 깨지 않았기 때문이었을까? 그저 멍한 기분이었다.
'왜 하필 내가…'
'내가 뭘 그렇게 잘못 살았지?'
다들 그런 마음이 든다고 하는데, 내가 그런 마음이 든 것은 한참 후였다.
나는 나 자신이 암에 걸릴 것이라는 생각을 해 본 적이 결코 없었다. 암에 걸리지 않을 것이라는 확신이 있었던 것이 아니라, 암이라는 질병 자체를 염두에 두지 않고 있었다는 말이다. 다른 사람들도 대부분 그렇게 생각하며 살아가지 않을까?

초기가 아니었다.
대장 내시경을 하다가 발견된 직장암은 말기도 한참 지나 간과 폐에까지 전이된 상태였다.
'진작 암 검사 한번 해 볼걸…' 후회란 아무리 빨라도 이미 늦은 것.
세상이 갑자기 달라져 버렸다.
아침에 눈을 뜨는 순간부터 밤에 잠이 들 때까지 가슴을 짓누르는 그 무엇….
'이제 어떻게 해야 하지?'
헝클어진 머릿속에 절망감이 자리 잡아 가는 어느 순간, 나는 제법 현명한 생각을 해 냈다.
'아무리 후회하고 까닭 모를 원망을 해 본들 이미 와 버린 암이 없어질 리가 없다. 지난 일을 붙잡고 늘어지지 말고, 앞으로 나는 어떻게 해야 할 것인가를 생각해야 한다.'

'마음을 비우자. 욕심을 버리고 겸허하게 살자!'
어렵고 힘든 일이 생길 때면 다른 사람들도 이런 결심을 많이들 하겠지. 스스로 잘한 결정이라는 생각이 들었다. 이제 마음이 편해질까?
그러나 시간이 지나도 마음은 여전히 개운치가 않았다. 기껏 마음을 비운다고 결심했는데 왜 마음은 편치가 않을까?

문득 깨달았다.
나는 왜 마음을 비우려고 했던 것일까? …살고 싶어서였다!
마음을 비우면 살 수 있을 것 같았기 때문이었다.
'마음을 비우겠습니다. 모든 욕심 다 버리겠습니다. 겸허하게 살겠습니다. 그렇게 살겠으니 제발 살려만 주

십시오!'

내 속마음은 이렇게 무엇엔가 살려 달라고 애걸하고 있었다.

마음을 비우겠다는 결심은 사실은 살고 싶어서, 그저 살고 싶어서 어떤 절대자에게 목숨을 구걸하는 행위였던 것이다. 다 버리겠다고 하면서 정작 목숨에 대한 미련은 버리지 못한 것이다. 아니, 목숨에 집착하고 있었던 것이다.

'이게 무슨 꼴이람?'

갑자기 나 자신이 구차스럽게 느껴졌다.

그게 싫었다. 살고 싶은 욕망보다 구차스러워지는 것이 더 싫었다.

그래서 마음을 바꿨다. 버렸던 욕심들을 마음속에 다시 주워 담았다. 이전처럼 하고 싶은 일 다 하며 살기로 했다.

대신 딱 한 가지— 목숨에 대한 미련을 버렸다.

'그래. 살려고 최선을 다하자. 그러나 살려고 발버둥 치지는 말자.'

나 자신에게 물었다.

'지금까지 최선을 다해 살아왔는가?'

스스로 대답했다.

'적어도 열심히 살아온 것만은 확실하다.'

그랬으면 됐다.

죽을 수밖에 없다면 그 현실을 담담히 받아들여야지.

비로소 마음이 편안해지는 것을 느꼈다.

圖

[비움] 35.0×46.0cm 화선지에 먹

담헌(湛軒) 전명옥(1954~)

목포교육대학 졸업, 조선대 대학원 졸업, 대한민국서예대전 심사위원장 역임,
한국서예협회 이사장 역임, 현 한국서예협회 고문.
금산사, 월정사, 상원사, 청량사 등 휘호. 개인전 5회, 단체전 다수.
젊은 시절 영광에서 같이 근무했었다. 서예의 높은 경지를 이루어 내고도
끊임없이 정진하는 그에게서 예술가의 참모습을 본다.

이모님

아픈 식구를 간호할 때면
이모님께서는, 그 옛날에
나 대신 아파 준 것이니
어찌 고마운 일이 아니겠느냐고
부처님 같은 미소를 지으셨다

그 말씀이 문득 떠오르는 지금
다른 식구들이 아니라
내가 암에 걸린 것이
얼마나 다행스런 일인가
하고, 이모님 흉내를 내어 본다

산사에서

김홍균 작사 작곡

천 왕 문 들 어 설 때 사 천 왕 눈 부 라 리 며

버 리 거 라 - 버 리 거 라 - 대 웅 전 기 웃 거 리 면

부 처 님 가 만 웃 으 시 며 버 리 거 라 - 버 리 거 라 -

아 그 러 나 세 월 만 큼 쌓 여 만 가 는

헛 된 욕 심 일 주 문 나 서 는 데

종 소 리 뒤 따 라 오 며 버 리 거 라 - 버 리 거 라

3. 삶과 죽음

죽음도 삶의 일부라고 하지만 그것을 자연스럽게 받아들이는 사람들은 많지 않다. 죽지 않는 자 세상에 없으되 죽음은 언제나 공포스럽다.

"꽃은 피어도 곧 지고 사람은 나도 이윽고 죽는다. 이 허무한 법칙은 생명이 있는 것들의 피할 수 없는 운명인 것이다."

초등학교 4학년 때(로 기억된다) 도덕책에서 이 글을 읽어 본 순간 어린 나는 얼마나 크나큰 충격을 받았었던지! '그렇구나! 나도 언젠가는 죽겠구나.'

잔뜩 겁먹은 마음으로 글을 읽어 내려갔다. — 세상에, 생사에 대한 문제를 초등학교 교과서에 실어 놓다니! 혹시 내 기억이 잘못된 것이 아닐까? 하는 생각이 들기도 한다. 이어지는 글에서는 문제의 해답도 제시하고 있었다.

"살고 죽는 데에 대한 생각을 없애 버리면 쓸데없는 욕심이나 두려움이 없어진다."

글쎄, 맞는 말 같기도 한데 그렇지만 어떻게 살고 죽는 데에 대한 생각을 없애 버린단 말인가? 어린 마음에 불안감은 조금도 가시지 않았다. 그 후 살아오는 내내 내 머릿속에서는 그 말이 떠나지 않고 있었다.

(성인이 되어서 위에 적은 도덕책의 이야기가 불경 『대반열반경』에 나온 설화를 소개한 글인 줄을 알게 되었다. 히말라야 산속에서 수행하는 젊은이가 들은 부처님 말씀인데 전체적인 줄거리는 서로 같으나 위에 소개한 글귀는 불경의 내용과는 조금 다르다. 아마도 어린이들 수준에 맞게 의역한 듯하다.)

살아오면서 늘 죽음을 생각한 것은 물론 아니었지만, 주위 사람들이 유명을 달리할 때면 위의 글귀가 떠오르곤 했다.

그러던 나에게 어느 날 저승사자가 찾아왔다. 나이 60에 암이라는 이름으로 죽음이 다가온 것이다. 나를 응시하고 있는 죽음 앞에서 나는 다시 위의 글귀를 떠올렸다.

'나는 오랫동안 죽음에 대해 생각해 왔다. 삶과 죽음에 대해 언급한 글도 많이 읽었고 죽음을 초개같이 여기던 선인들의 사례도 수없이 들어 오지 않았던가? 지금 죽음을 두려워한다면 이제껏 살아오면서 과연 무엇을 배웠다고 할 것인가?'

그렇게 마음을 다지면서 나는 죽음에 대한 공포에서 벗어났다.

"죽음이 앞에 있어 인간은 사유하는 것이다."

그러나 죽음은 또 누구 앞에나 있어, 가진 모든 것 담담히 내려놓을 수 있을 것이다.

살고죽는데에 대한생각을없애 버리면 쓸데없는욕심이나두려움이없어진다

2019. 3. 하

웅크리다

몸을 웅크린 채
옆으로 누워 있으면
얼마나 편안한지
애초에 우리의 생명은
어머니의 자궁에서
웅크린 자세로 시작되었다
출발선에서 신호를 기다리는
달리기 선수들도 웅크리고
맹수가 먹잇감을 노릴 때에도
웅크리지 않는가?
웅크린다는 것은 이렇게
편안하면서도 또한
힘찬 출발을 위한 자세이며
생존을 위한 마음가짐일지니
암 선고를 받는 순간
나는 웅크렸다
어쩌면 두려움 때문에
움츠러들려는 마음을 다잡아
이내
어머니의 자궁에서와 같은 편안함으로
출발을 앞둔 선수의 자세로
먹잇감을 노리는 맹수의 눈빛으로
그렇게 웅크린 채
나의 암을 응시한다

◁ **[꽃은 피어도]** 26.6×20.2cm 종이에 수채

참꽃

김홍균 작사 작곡

언제 - 두견새 울고 간 산 자 락 에

참 꽃 피 어 - 그 리 움 붉 게 피 어

꽃 잎 하 나 - 입 에 물 면 아 - - - 가 - 신 임

또 한 입 - 따 먹 으 면 기 약 없 는 임

꽃 잎 에 어 려 있 는 - 추 억 만 안 타 까 이 - 씹 - 는 데

먹 어 도 - 배 고 픈 꽃 마 음 만 허 전 한 꽃

4. 산다는 것

단순하게 말하자면 산다는 것은 숨을 쉬고 있다는 것이다. 정말로 중요한 것은 숨을 쉬는 동안 어떻게 살고 있는가 하는 것이다.

"저 사람이 과연 살 수 있을까?"

암에 걸린 사람들을 보면 이런 생각이 들기 쉽다. 비록 암에 걸렸다고 하나 지금 살고 있는 사람을 보고 '살 수 있을까?' 하고 생각하는 것은 참 우습지 않은가? 물론 그 말의 뜻은 '암을 극복할 수 있을 것인가?' 하는 의미일 것이다. 그러나 환자가 암을 극복하지 못한다 할지라도 죽는 순간까지는 살아 있는 것이다. 우리는 그 점을 간과하기 쉽다. 암을 앓고 있으면 살아도 산목숨이 아닌 것으로 생각해 버린다. 환자도 그렇고 주변 사람들도 그렇게 생각한다.

의학계에서는 "몇 년 이상 생존할 확률"이라는 표현을 쓴다. 이 말이 정확하다. 암을 치료하는 동안에도 그 사람은 살고 있는 것이다. 그리고 의사가 환자의 생존 확률을 1년이라고 진단해도 얼마든지 그 이상 살 수 있다. 특히 암에 걸린 사람들은 이 점을 명심해야 할 것이다.

치명적인 질병이 없이 살 수 있다면 얼마나 좋겠는가? 하지만 암에 걸렸다고 해서 곧바로 죽어 버리는 것도 아닌데 살아 있는 목숨을 지레 포기할 이유는 또 무엇인가?

"누가 그걸 몰라서 그러나? 암 자체가 시한부 인생을 의미하니 그래서 안타까운 것이지."

그렇다. 어찌 안타깝고 아쉽지 않겠는가? 암에 걸리면 완치될 확률은 지극히 낮아 대부분 천수를 다하지 못하고 죽지 않는가 말이다. 그러나 조금만 크게 생각해 보자. 인생 자체가 시한부가 아니던가? 죽지 않는 자 세상에 없거늘…!

중요한 문제는 얼마를 사느냐가 아니라 사는 동안 어떻게 사느냐 하는 점이다.

암에 걸렸다는 사실이 알려지면서 나더러 공기 맑은 산속으로 들어가라는 권유를 하는 사람들도 있었다. 물론 나를 생각해 주는 고마운 말이었다. 나는 단호하게 말했다.

"산속에 들어가 10년을 사느니 하던 일 그대로 하면서 1년만 살겠다."

스스로 의지를 갖고 도를 닦고자, 혹은 산속의 생활이 좋아서 산속에 들어간다면 그것은 참 멋진 일이다. 그런데 단지 목숨을 부지하기 위해서 도망치듯 산속에 들어가 하루 또 하루 그저 숨만 쉬면서 살아가는 삶이 무슨 의미가 있겠는가?

"생활하지 않는 삶은 삶이 아니다!"

제법 멋진 어록(?)까지 만들어 내며 나는 내 일을 계속했다. 그리고 그러한 결정은 적어도 나의 경우 참 잘한 선택이었다.

조함해안도로에서

살 수 있을까?
조함해안도로 길섶
거친 돌 틈 사이 비집고 피어 있는
이름 모를 풀꽃

살 수 있을까?
햇살 한 오라기 간신히 부여잡은
저 가녀린 꽃잎
예외 없이 불어닥칠 모진 바닷바람
견뎌 낼 수 있을까?

머언 수평선
헐떡이는 파도 소리
조천에서 함덕까지 바닷가 길을 따라
항암제로 찌드는 몸뚱이를 이끌고
오늘도 나는 걷는다,
살기 위해서

살 수 있을까?
늘 그랬듯이
갔던 길 되짚어 돌아오는데
그 조그만 꽃잎
나를 보고 조용히 웃고 있다
지금! 이렇게 살고 있다고

[노을] 19.3×29.3cm 종이에 수채

물굽이는 아름답다

조성심 시　김홍균 작곡

5. 암을 이기는 법

암에 걸렸을 때 절망은 최악이요, 희망은 차선이며, 희망도 절망도 아닌 담담한 마음을 갖는 것이 최선이다. 이것이 암을 치료하고 있는 나의 생각이다.

암을 확실하게 치료하는 법은 아직 발견되지 않고 있다.

의학계의 쉼 없는 노력으로 암 환자들의 생명은 조금씩 연장되고는 있지만 암에 대한 근본적인 치료 방법은 현재까지 아무도 모른다.

암에 대한 사람들의 생각도 시대에 따라 달라지고 있다.

옛날에는 암에 걸리면 그 자체가 죽음이었다. 암이라는 진단이 나오면 의사도 환자도 손을 놓고 죽을 날만을 기다렸다. 그러다 의술의 발달에 따라 새로운 항암제가 개발되고 수술 기술도 발전되면서 암 환자들의 생명도 조금씩 연장되고 있다. 그러나 그렇다고 하더라도 환자가 암을 이길 확률은 극히 낮아, 많은 사람에게 암은 여전히 죽음을 의미한다.

최근에는 암과 함께 살아간다는 생각들이 많아지는 추세이다. 암을 완전히 없애 버리지는 못할지라도 치료하면서 삶을 연장해 간다는 것이다. 바람직한 생각이다. 비록 암이라는 고약한 질병에 걸렸지만, 의술의 힘을 빌리거나 혹은 민간요법을 이용하는 등 여러 가지 방법으로 암을 다스리면서 최선을 다해 살아가야 한다.

첫 번째 암 수술을 성공적으로 끝냈을 때 같이 근무하던 조정숙 교감 선생님은 자기 일처럼 기뻐하며 축하해 주었다. 날마다 아내와 통화하면서 같이 울어 주던 분이다.

"교장 선생님. 암이 없어져서 얼마나 기쁘세요?"

나는 이렇게 대답했다.

"교감 선생님. 나는 암에 걸렸을 때 별로 슬프지 않았어요. 그러므로 암이 없어졌다고 해서 그렇게 기뻐할 것도 없지요."

나는 내 몸속의 암이 완전히 제거될 것이라는 희망을 갖지 않는다. 암이 재발하는 순간 그 희망은 절망으로 바뀌어 버릴 것이기 때문에. 나는 결국 암 때문에 죽을 것이라는 절망은 더더욱 하지 않는다. 암을 치료하는 데 절망은 아무런 도움이 되지 않으므로. 희망에 목메지 아니하고 절망에 겁먹지 아니하는 그런 담담한 마음으로 나는 암에 대한 공포에서 벗어났다.

생사의 여부를 떠나 암에 대한 공포에서 벗어나는 것― 그것이 암을 이기는 방법이요, 암을 이기는 삶이라고 나는 생각한다.

[마음을 닦는 정원에서] 90.9×72.7cm 캔버스에 유채

정목(靜木) 하헌태(1942~)

대전사범학교 졸업, 한국교원대 대학원 졸업, 전 서울청덕초등학교 교장.
전 서울초등미술교과연구회 회장, 현 한뫼미술회 고문.
대학원 동기이다. 넉넉한 마음으로 대학원 동기들을 이끌며
우리 가족의 삶에도 이정표가 되어 주는 분이다.

순대

암 수술을 세 번 하였다

장 한 뼘 잘라 내고
폐 세 군데 오려 내고
간 일부를 도려내었다

옛날에 술안주로 즐겨 먹던
'모듬 순대' 한 접시
참 푸짐하겠다

반잔

김홍균 작사 작곡

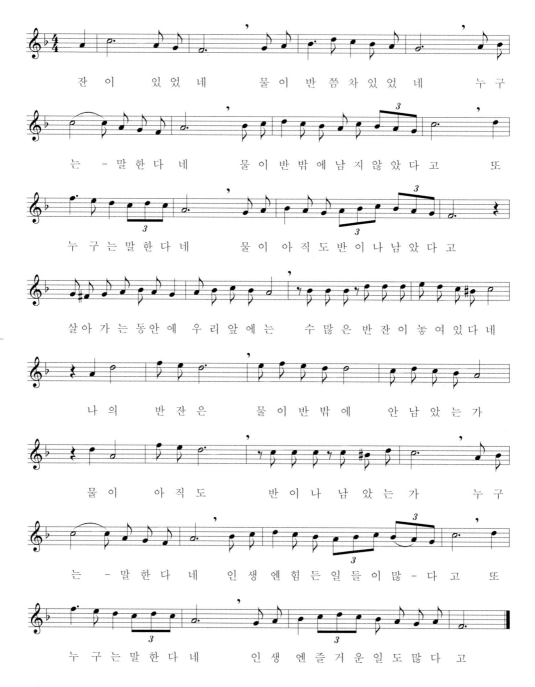

樂

6. 삶의 기운

'나비 효과'라는 과학 이론을, 우주의 모든 것들이 유기적으로 연결되어 있다는 뜻으로 나는 해석한다. 어쩌면 정신세계까지도….

"암을 극복하는 데 기도는 분명 도움이 됩니다. 중보기도 또한 도움이 됩니다."

암 치료의 권위자인 김의신 박사는 이렇게 말했다. 환자 본인의 노력은 물론이려니와 주변 사람들의 격려 또한 도움이 된다는 뜻이다. 기도하는 사람의 기(氣)가 환자에게 통한다는 것이리라. 기르는 주인의 생각에 따라 식물이 자라는 모습이 달라지는 것처럼.

내가 암인 것이 알려지자 참으로 많은 지인들이 찾아와서 진심으로 위로하고 격려해 주었다. 지금까지도 많은 지인들이 나를 위해 기도해 주는 것을 나는 알고 있다. 그러한 사실들은 나를 행복하게 만들었다. 이 행복한 마음은 어쩌면 그 기도의 기운이 나에게 도달해서 생기는 것이 아닐까? 그리고 그 기운이 암을 이기는 데 커다란 힘이 되지 않았을까?

"내가 살려 내고 말 거야!"

내가 암 선고를 받은 후 아내는 이렇게 말했다. 그리고 그 후 아내는 그 조그만 체구로 암 치료에 도움이 된다고만 하면 무슨 일이든 물불을 가리지 않고 덤벼들었다. 온갖 약초를 구입해 달이고, 암에 좋다는 갖가지 음식을 만드는 등 잠시도 쉴 틈이 없이 나를 간호하면서 정작 자신의 몸은 다 망가뜨려 버렸다.

설악산 대청봉을 거뜬히 오르던 사람이었다. 한라산 백록담에서 사진을 찍던 기억이 생생하다. 그러던 아내가 등산이라는 것을 접은 지 오래되었다. 체력이 소진되어 계단을 조금만 올라가도 숨을 헐떡인다.

"내 눈이 왜 이러지?"

눈앞이 캄캄해 보이질 않는다며 어느 날 안과를 찾은 아내는 황반변성이라는 처음 듣는 병명의 진단을 받아 들고 왔다. 눈 안의 실핏줄이 터져 시력이 손상되는 병인데, 치료 방법도 없고 원상회복도 되지 않는다는 말을 듣고 아내는 울었다. 운전도 하지 못할 정도로 희미하게 남은 시력을 가지고 그나마 악화되는 것을 막기 위해 정기적으로 안과에 가서 검진을 받는다.

과로와 스트레스가 그 원인임이 분명하다. 환자인 나는 그냥 누워서 주사 맞고 주는 밥 먹는 것이 일이었고, 실제로 암과 싸우는 사람은 아내였다.

박종욱이라는 친구가 있다.

이 친구는 2005년에 백혈병 판정을 받았다가 기적적으로 완치되었다.

그의 아내 역시 남편을 살려 내기 위해 온갖 방법으로 간병을 하다가 본인이 뇌졸중으로 쓰러지기도 했단다. 무서운 인내로 뇌졸중도 극복하고 지금은 부부가 건강하게 정상적인 생활을 하고 있어, 내가 제주에 내려갈 때면 서로 만나 같이 식사도 한다.

백혈병은 내가 얻은 직장암보다 훨씬 치명적이라는 것이 일반적인 인식이다.

혈액인 백혈구 속에 암세포가 자라므로 무균실에서 백혈구 수치가 0이 될 때까지 방사선을 쏘여야 한단다.

백혈구가 없어지면 면역력 또한 없어지는 것이어서, 병원에서 어느 정도 회복한 다음 환자가 집에서 요양할 때는 집 안에 세균이나 오염된 물질이 들어오지 않도록 세심하게 신경을 써야 했단다. 온 가족이 외출하고 집에 들어올 때는 입고 있던 옷을 현관에서 다 벗어 곧바로 세탁기에 넣어야 하는 일상을 계속해야 했었다고.

　내 아내는 그 부부의 이야기를 들을 때마다 "나는 도저히 따라갈 수 없다."라고 겸손해하는데, 아무튼 두 집의 남자들은 아내 덕분에 목숨을 건진 것이라고 나는 생각한다.

　이렇듯 암을 이겨 내는 것은 궁극적으로는 환자 자신의 의지와 노력이겠지만 주위의 관심과 격려 또한 커다란 도움이 된다.

　무엇보다 간병하는 사람의 희생은 환자의 의지와 노력에 비해 결코 가볍지 않다.

　주변 사람들은 하나같이 내 목숨을 살려 낸 아내에게 잘해야 한다고 입을 모으지만, 제 버릇 개 못 준다고 나는 여전히 수시로 아내의 속을 긁어 놓곤 한다.

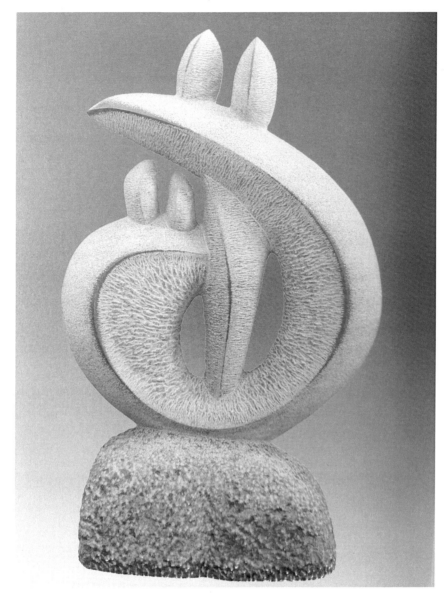

[부부 이야기─가족] 3.08×18.0×58.0cm 오석

예송(藝松) 이춘호(1952~)

공주교육대학 졸업, 한국교원대 대학원 졸업, 전 서천금성초등학교 교장,
대천동대초등학교 교장, 충남조각회장, 충남미술대전 초대작가.
개인전 2회, 초대전 8회, 단체전 다수. 대천해수욕장조각공원 기획 추진.
대학원 동기이다. 매사에 성실하여 꾸준한 노력으로
교직과 예술의 두 길에서 높은 수준의 성취를 이루었다.

간단한 수술

수술은 간단했다
마취제를 흡입하면서 감겼던 눈이
떠지는 순간 수술은 끝나 있었다

그렇게, 눈 한 번 깜짝한 순간에
의사는
이미 두 번이나 갈라놓았던 칼자국을 따라
메스를 그어 내 배를 열었는데
이전의 수술로 인해 생긴 상처 때문에
간과 창자가 엉겨 붙어 있어서
소장 일부를 잘라 내고, 다시 이어 놓고
간에 붙어 있는 암 덩어리를 도려낸 다음
수술 부위를 봉합했다

암세포도 분명 내 몸의 일부일진대
그러나 내 목숨을 부지하기 위해
너는 제거되어야만 하고, 그때마다
죄 없는 몸뚱이만 삶과 죽음의 경계선에서
의식이 없는 고깃덩이가 되어야 한다
이 무슨 업보인지
누구나 겪을 수 있는 삶의 모습인지
따져 본들, 그러한들 무슨 소용이랴!

내 다섯 번째의 암 수술
간단(肝斷)한 수술에 걸린 시간은
다섯 시간이었다

반딧불이

김홍균 작사 작곡

반딧불이 잡아서 호박꽃에 넣으면

환해지는 호박꽃 환해지는 마 - 음

여름밤맑은 별하나 아 - - 맑은 별하나

호박꽃에 반 - 짝 마음속에 반짝

43

樂

2019. 12

제2장

생(生)의 길목

◁ **[목련]** 31.0×46.8cm 종이에 연필

노란 숲속에 두 갈래 길이 있었습니다

(중략)

아, 나는 한쪽 길은 훗날을 위해 남겨 놓았습니다
길은 길에 연하여 끝이 없으므로
내가 다시 돌아올 것을 의심하면서

오랜 세월이 지난 후 나는 어디에선가
한숨을 지으며 이야기할 것입니다
숲속에 두 갈래 길이 있었다고
나는 사람이 적게 간 길을 택하였다고
그리고 그것 때문에 모든 것이 달라졌다고

– 로버트 프로스트(Robert Frost) 시 「가지 않은 길」

2019. 12 고흥교

7. 두 갈래 길

이루고자 하는 꿈이 있는 삶은 아름답다 할 것이다. 그 꿈을 이루기 위해 노력하는 과정은 의미 있는 삶의 모습이라 할 것이다.

"Boys, Be Ambitious!(소년이여, 대망을 품어라!)"

윌리엄 클라크(William S. Clark)의 말을 영어 참고서에서 보고 외우던 고등학교 시절에 나의 꿈은 만화가가 되는 것이었다. 지금이야 만화가 예술로서 대접을 받고 있지만, 그 옛날에는 많은 사람들이 '만화는 아이들의 학습과 정서에 좋지 못한 영향을 미치는 불량한 매체'라는 편견을 갖고 있었다. 그럼에도 불구하고 나는 만화가가 되고 싶었다.

대망이란 것에 대해 다양한 정의가 내려질 수 있겠으나, 그 시절 당시의 관점에서 본다면 만화를 그리고 싶다는 나의 꿈은 좋게 말해서 지극히 소박했다고나 할까?

그런데 나는 만화가가 되려면 어떻게 해야 하는지 그 길을 잘 알 수가 없었다. 그래서 나름 많은 생각 끝에 이런 결론을 내렸다.

'일단 교대에 진학하자. 그리고 수년간 교사를 하면서 모은 돈을 가지고 서울로 가자. 서울에 가면 만화가가 되는 길을 찾을 수 있겠지.'

산업화가 막 시작되던 1970년대 초.

당시 초등학교 교사는 사람들이 별로 거들떠보지 않는 그런 직업이었다. 나라에서는 초등 교사를 확보하기 위해 남자들에게 병역면제 혜택까지 주어 가며 애를 썼다. 정확히 말하자면 교육대학을 다니는 2년 동안 RNTC 훈련을 받고 졸업하면 하사관으로 임용되어 병역을 필하게 된다. 단 8년 이상 교사로 근무해야 하는 조건이 붙어 있었다.

그처럼 교육대학의 문은 좁지 않아서 그 대학에 입학하는 것은 나에게는 어려운 일이 아니었다.

자신이 꿈꾸는 삶을 살 수 있다는 것은 얼마나 행복한 일일까!

나는 당시 사회적으로 별로 주목받지 못한 만화를 꿈꾸었고, 그 꿈을 이루기 위한 방법으로, 일단 들어가기 쉬운 교사라는 직업을 택하였다.

사실은 만화가가 얼마나 창조적인 직업인가? 교사의 길은 또 얼마나 힘들 것인가?

이러한 생각이 부족했던 젊은 시절, 나는 그렇게 두 갈래 갈림길에서 내가 꿈꾸던 길을 걷기 위한 수단으로 일단 다른 길로 들어서기로 한 것이다.

어쩌면 프로스트의 시처럼 다시 돌아올 것을 의심하면서…

[탑의 서정] 38.0×56.0cm 콜라그래프

최원아(1963~)

대구교육대학교 졸업, 한국교원대 대학원 졸업.
전 형곡초등학교 교장, 현 경상북도교육청 장학관.
대구미술대전 추천작가전, P&E 그룹전.
대학원 동기이다. 주제 의식이 뚜렷한 그림을 그리며
특히 교직에서 자신의 철학을 펼치는 길을 걷고 있다.

징검다리

한 돌 건너뛰어
뒤돌아보면

건너온 자리에
발자국 흔적 없고

뜻 없는 아쉬움에
머뭇거리다

조심조심 건너는
징검다리 돌 사이로

무심히 흘러가는
맑은 시냇물

어디만큼 왔니?

김홍균 작사 작곡

51

樂

8. 선택의 순간

"순간의 선택이 10년을 좌우한다"는 광고 문구가 있었다. 그렇듯이 한순간의 결정이 자신의 일생이 되어 버리는 경우도 또한 있을 수 있을 것이다.

"너는 장차 무슨 직업을 가지려고 하느냐?"

내가 고등학교 2학년이었을 때. 어느 날 오랜만에 집에 온 둘째 형이 불쑥 나에게 물었다. 서울대학교에 합격한 수재이지만 그의 인생은 잘 풀리지 않고 있다. 둘째 형은 특히 말의 논리가 정연하다.

분명한 꿈이 있던 나는 선뜻 대답했다.

"일단 교육대학에 입학하겠습니다. 그래서 의무 복무 기간인 8년간 교사 노릇을 하며 돈을 모은 다음, 상경하여 만화가의 길을 찾아보고자 합니다."

대답을 들은 형은 나를 똑바로 보며 힐난하듯 한마디 했다.

"너에게 배운 아이들은 무척 불행하겠구나."

이게 무슨 소리인가? 의아해하는 내 마음을 읽었다는 듯 형은 한마디 더 덧붙인다.

"벌써부터 전직(轉職)을 생각하며 시작하는 교사를 어찌 좋은 교사라 할 수 있겠느냐?"

나는 반박할 말을 찾을 수가 없었다. 형의 말이 백번 타당한 것이다. 교사라는 직업을 내 꿈을 이루기 위한 수단 정도로 취급하다니…

순간 약간의 오기가 발동했을까? 둘째 형 앞에서 나는 맹세 아닌 맹세를 하고 말았다.

"그렇다면 만화는 취미로 그리고 평생 동안 교사를 하겠습니다."

맹세라고 했지만 그 말을 지키지 않는다고 해서 무슨 일이 일어날 것도 아니었다. 그렇지만 그날 이후로 나는 평생 동안 초등학교 교사 노릇을 하겠다는 마음을 한 번도 바꿔 본 적이 없다. 그날 그 말에 대해 후회한 적도 물론 없다.

훗날 물어보니 둘째 형은 그 말을 기억하지 못하고 있었다. 형은 교사가 되겠다는 내 말을 듣고 그냥 평소에 생각하고 있었던 바를 말했을 뿐일 것이다. 논리적으로 타당한 그 말을 듣고 그 논리에 얽매여 버린 것은 다름 아닌 나 자신이었다.

아니, 평생 교직을 떠나지 않은 이유는 그런 논리 따위가 아니었을 것이다. 교직이 내 적성에 딱 맞았기 때문이라는 말이 더 정확할 것이다.

만화가는 잊히지 않는 첫사랑처럼 그저 가슴속에 품고 있는 꿈이었을지— 나는 그렇게 처음 들어선 길을 바꾸지 아니하고 평생을 걸었다.

[우주] 26.6×20.2cm 종이에 펜, 콜라주 ▷

스푸트니크* 쇼크

밤하늘은 아름다웠다
하나둘 피어나는 별꽃들 그 사이로
반짝이며 지나가는, 둘째 형이 가르쳐 준
인공위성이라는 별은 더욱 아름다웠다

교육학 시간이었다, 대학생이 되어
'스푸트니크 쇼크'에 대해 배울 때
그 인공위성의 이름을 듣는 순간
1957년 10월 4일!
그날 저녁 그 하늘, 내 나이 다섯 살 때
둘째 형과 평상에 앉아 바라보던 그 하늘이
4차원의 웜홀을 관통했을까, 충격처럼
눈앞에 펼쳐지는 그 밤하늘이

생생도 하여라! 아직도
어쩌면 당연하게 잊고 살았던 15년의 세월 속에는
넓은 우주와, 반짝이는 별들과, 다정했던 그 시절이
이토록 선명하게 녹아 있었던 것을, 눈물처럼…

---

* 스푸트니크(Sputnik): 1957년 10월 4일 소련이 세계 최초로 쏘아 올린 인공위성의 이름. 당시 공산주의 진영에 비해 모든 면에서 우위를 점하고 있다고 자부하던 미국을 위시한 서방국가들은 소련의 인공위성 발사에 커다란 충격을 받았고—이를 교육학에서 '스푸트니크 쇼크'라고 부른다—이는 미국의 과학과 교육 분야에 커다란 변화를 가져오게 된다.

저녁산사

김홍균 작사 작곡

어둠이 - 하늘을지우고 산을-지우고 - 내몸을지우고

풀벌레 - 울-음만 깨 운 - - - - 다

범종소리 어둠속-에 출렁이-며

번뇌-어린 마음-마저 지워가면

닿을듯 닿지않는 - 저만치에서 풀벌레 울음만큼 - 맑은별빛들

눈물처럼쏟아질듯 쏟아질듯 반짝 - - 인 - 다

9. 형제의 길

"뜻이 있으면 길이 있다."라고 하지만 그 길을 혼자서 걷는 것은 힘든 일이다. 생각해 보면 한 사람의 인생은 얼마나 많은 사람들의 도움과 희생으로 이루어지는지….

셋째 형은 성질이 불같다. 어렸을 때부터 아홉 살이나 어린 나를 쥐 잡듯 했다. 주눅이 들어 기를 펴지 못하고 자라온 나는 그런 형이 무섭고 싫었다.

고등학교 3학년 어느 날 외숙부께서 나를 찾아오셨다.
"너도 이제 고등학교를 졸업하게 되었으니 무슨 일이든 해야 할 것이다. 너의 어머니께서 연로하시니 네가 하루빨리 직장을 갖고 어머니를 모셔야 하지 않겠느냐?"
외숙부는 어머니의 부탁을 받고 나를 찾아왔을 것이다.
집안 형편으로 보자면 나는 대학에 갈 처지가 못 되었다. 당신 스스로 아들을 대학에 못 보낸다는 말을 차마 할 수 없어 동생을 시킨 것이겠지.
어머니 나이 마흔넷에 나를 낳았으니 벌써 환갑이 훌쩍 넘어 자식들이 모셔야 할 연세가 됐는데, 하나같이 불효자인 형들은 다들 자기 살기도 바쁜 실정이었다.
외숙부께서는 당부하듯 말씀을 이어 가셨다.
"내 생각으로는 네가 5급 공무원 시험을 보는 것이 좋을 것 같다. 너 정도면 충분히 합격할 수 있을 것이다."
지금으로 치자면 9급 공무원에 해당하는 5급 공무원 시험은 당시에는 그렇게 어렵지 않았다. 그리고 평소에 외숙부는 내가 공부를 잘한다고 늘 칭찬하곤 하셨다. 그때 외숙부의 말씀을 따랐더라면 나는 행정공무원이 되었을 것이다.
나는 공손히 말씀드렸다.
"저도 제가 하루빨리 어머니를 모셔야겠다는 생각을 하고 있습니다. 그런데 제가 5급 공무원 시험을 보게 되면 군대를 3년간 갔다 와야 합니다. 하지만 교대를 간다면 2년 후엔 어머니를 모실 수 있습니다."
그리고 조심스럽게 덧붙였다.
"교대 등록금은 다른 대학에 비하면 무척 쌉니다. 어머니께서 2년만 더 고생하시면 될 것 같습니다."
"듣고 보니 네 말이 맞구나."
외숙부께서는 선뜻 동의해 주셨다.

교대에는 무난히 합격했다. 문제는 입학금과 등록금이었다. 다른 대학에 비해 싸다고는 하나 그 돈을 어떻게 마련해야 할지 나는 몰랐다. 아니, 돈에 대해서는 아예 생각조차 하지 않고 있었으니 참으로 철이 없었다고 할 수밖에 없다.
셋째 형도 당연히(?) 대학에 진학하지 않았다.
고등학교를 졸업하고 군대에 갔다 온 후 여러 가지 일을 해 보았으나 확실한 직장을 잡지 못했던 형은, 그나마 조금 모인 돈으로 세를 얻어 아주 작은 빵집을 운영하고 있었다. 고등학교 시절 나는 하교 후에 빵집 일을 돕기도 했다.

대학에 합격하고 난 어느 날.

형을 따라 은행에 갔다. 거기에서 통장의 돈을 찾은 형은 그야말로 딸랑 서울 가는 차비만 남기고 몽땅 내게 주었다.

그제야 나는 알았다.

형이 상점의 보증금을 전부 빼내어 나에게 주었다는 사실을. 나를 대학에 보내기 위해 자신은 다시 한번 빈손으로 인생을 시작하려고 한다는 것을.

나는 고맙다는 말도 못 했다.

그렇게 마련된 입학금으로 나는 대학 생활을 시작했고, 서울로 간 형은 골목에서 아이들에게 파는 속칭 달고나 장사부터 당신의 인생을 다시 시작했다.

2019. 3. 玄

인사동 가는 길

윤숙현

햇살이 따사로워 봄이 온 줄 알았다

그림을 보기 위해 인사동 가는 날

이 따스한 날에

옛날에 걷던 시골 돌담길의 기억을 안고

틈이 없이 붙어 있는 상가 숲 사잇길을 걸었다

어느 사이엔가, 느닷없이

하늘이 조금씩 어두워지더니

가는 빗방울이 머리칼을 적신다

봄비이리라

여인의 향기에 취한 듯

얼굴을 쓰다듬으며

목선을 타고 옷 속으로 파고드는

빗물에 그냥 몸을 내주었다

점차 세차게 때리는 빗줄기

문득,

몸을 휘감는 냉기에서

아직도 겨울임을 깨닫는다

황급히 둘러보며 피할 곳을 찾지만

도시의 빌딩에는 처마가 없다

윤숙현(1951~)

셋째 형님과 해로하시는 형수님이다.
어린 시절부터 간직해 온 문학에의 꿈을 펼치고자
꾸준히 글을 쓰시며 2017년 시니어문학상 수상,
2020년 『선(選)수필』을 통해 등단하셨다.

◁ **[골목]** 26.6×20.2cm 종이에 연필

그 마음 이 마음

김상균 작사　김홍균 작곡

밤 하늘 별이 되 - 어　비 춰 주던 그 - 마 음　언

제 나 옆에 서 - 서　감 싸 주던 그 - 마 음　어 머

니 크 신 그 사 랑 을　작 은 이 가 슴 속에 담 고　밤 -

하 늘 바 라 보 - 며　별 을 헤 는 이 - 마 음　조

용 히 눈 을 감 - 고　손 모 으 는 이 - 마 음

10. 어쩌면 팔자인 듯

적성에 맞는 직업을 갖는다는 것은 정말로 행운이 아닐 수 없다. 자신이 하는 일에 만족감을 느낄 수 있다면 참으로 행복이 아닐 수 없다.

"이 사람은 선생을 해야 한다."

나의 사주가 그렇단다. 사주가 그렇게 세세한 직업명까지 알려 주나? 가르치는 일이나 봉급 받는 일이 팔자에 맞으므로 그런 결론이 나온다고. 자식의 장래가 궁금했을까? 교대에 진학한 후 어디에선가 사주를 보고 오신 어머니께서 해 주신 말씀이다.

예체능에 소질이 있는 나는 여러모로 쓸모가 많은 교사였다.

옛날 학교에서는 교실의 환경 정리가 대단히 중요한 업무였다. 3월에 개학을 하고 새 학급을 맡게 되면 교사들은 환경 정리에 많은 힘을 쏟아붓는다. 컴퓨터가 없던 시절에 그림을 잘 그린다는 것은 교사로서 큰 장점이었다. 나는 아주 많은 동료 교사들의 환경 정리를 도와주었다.

해마다 치르는 학교의 가장 큰 행사인 가을 대운동회 때에는 고적대 퍼레이드를 연출하였다. 시골에서는 보기 힘든 모습이어서 항상 온 마을 사람들의 시선을 끌었다.

학교를 대표해서 대외적으로 수업을 공개하는 것도 언제나 내 몫이었다. 동료 교사들은 모두 나의 능력을 인정해 주었다. 교직 경력 6년째였던 만 29세의 나이에 학교 업무의 핵이라 할 수 있는 연구부장이 되었을 때, 다른 5명의 부장들은 모두 50대였다.

교육청에서 주관하는 연구 대회는 물론이고 음악, 미술 그리고 체육 행사에 빠지지 않고 참석하다 보니 나는 관내에서도 유명해졌는데, 우습게도 내 별명은 '잡놈'이었다. 이것저것 못하는 일이 없는 사람이라는 좋은 뜻이기는 했지만.

나는 유순한 성격이었다. 선배들을 깍듯이 모셨다.

그러면서도 지위 고하를 막론하고 할 말은 했다.

많은 교사들이 교장의 의견에 직접 맞서는 것을 꺼린다. 상명하복의 문화적 현상일 수 있다. 공무원이라면 상관의 정당한 명령에 복종하는 것이 마땅하다. 그러나 부당한 지시에 대해서는 그 부당함을 지적하고 수정을 건의하는 것 또한 마땅한 일이다. 나는 교장의 지시가 부당하다고 느낄 때면 혼자 조용히 교장실로 들어가 정중하게 내 의견을 전달했고, 대부분의 교장은 나의 건의를 받아 주었다. 받아들여지지 않으면 거칠게 싸우기도 했다. 고백(?)하건대 근무했던 여러 학교에서 교장이나 교감하고 꽤 많이 싸웠다.

1990년대 중반에 교사 성과급 제도가 처음 도입되었다. 당시에는 학교당 한 명의 교사에게만 성과급을 지급했는데, 많은 학교에서는 교사들의 의견을 수렴하기 위해 일을 가장 많이 한 교사를 뽑는 투표를 했다. 우리 학교에서는 3년 내리 내가 1등을 했다. 그러나 교사들의 투표 결과는 참고 사항일 뿐이라며 성과급은 다른 교사에게 주어졌다. 그러나 그에 대해 이의를 제기하지도 않았다.

교육청 일도 참 많이 했다. 수시로 출장을 가서 교육청 일을 도왔다.

연말이면 연례행사처럼 표창을 받았다.

교육청 일을 도와준 것에 대한 보답으로 주어지는 교육장상은 여러 번 받았고, 세월이 흐르면서 교육감상 장관상 등 격이 높아진 상이 따라왔다. 어느 해는 뜻밖에 모범공무원 표창을 받았다. 이건 영광스러운 일이거니와 나는 내가 후보로 선정된 사실도 몰랐다.

그다음 해에는 교육청에서 한 명만 보내 주는 금강산 관광단에 뽑히기도 했다.

그렇듯 나는 존재감 있는 교사였다.

교감이 되어서도 마찬가지로 학교 일과 교육청 일을 많이 했다. 그러면서도 또 아니다 싶으면 교육장하고도 싸웠다.

교감으로서도 존재감이 있었으나, 교장 승진은 제때에 하지 못하고 여러 해 동안 밀렸다.

세상사 그러한 면이 있다는 것쯤은 알고 있어서 처음엔 그러려니 하고 웃고 말았으나, 계속 밀리자 교육장을 찾아갔다. 이유 없이 밀리는 점을 지적하며 "정 이러면 나는 교장을 하지 않겠다."라며 화를 내었다. 말은 이렇듯 간단하지만 실제로는 교육장을 대신해서 나를 상대하는 초등교육과장이 쩔쩔맬 정도로 단호하게, 그러나 차분하게 경고를 했다. 사족처럼 덧붙이자면 초등교육과장은 이미 교장 재직 경험이 있는, 그러니까 교감보다는 훨씬 높은 위치에 있는 자리이다. 그랬더니 다음 해 근무평정 1등을 주어 교장으로 승진시켜 주었다.

그렇게 나는 교직 생활을 소신껏 하고 살았다. 직장에서 받는 스트레스가 전혀 없기야 했겠는가만, 상사의 눈치를 보거나 직업에 대한 회의감을 느껴 본 적은 없었다.

사주에 나온 것처럼 어쩌면 나는 선생 팔자를 타고났던 것 같다.

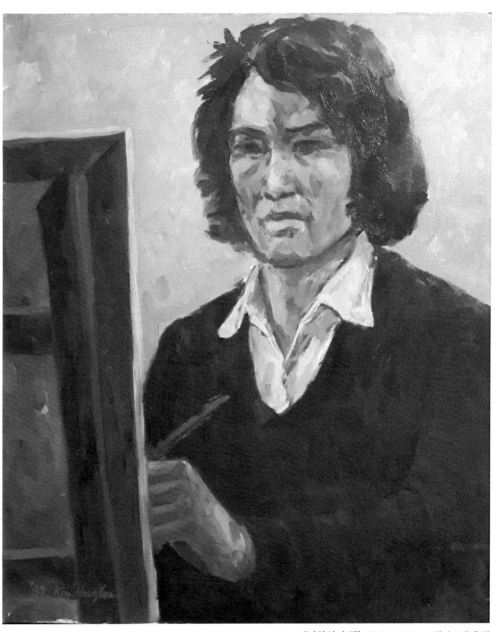

[자화상 습작] 53.0×45.5cm 캔버스에 유채

돌아오는 길

낡아진 가방 속에
피곤한 하루를 담아
저무는 바람 안고
언덕길 올라서면
오늘도
초저녁별이
초롱처럼 걸렸다

어제도 걸어온 길
내일도 걸어갈 길
인생길 걸음마다
땀방울로 채워 가면
마음속
고운 꿈들이
별빛으로 걸렸다

죽부인

김병렬 시 김홍균 작곡

대오리 -곱게벗겨 둥글게 -엮어내어

속이야 -있든말든 정분이 -들든말든

한여름 너와내인연 얼기설기엮-으-리

내 팔을베고자-도 네 생각대숲돌-고

내 품에안겨자-도 네 마음먼데있-어

오 늘밤 너와내인연 아 꿈이면-어떠리

2020. 2. 赵素正

제3장
교직—기억의 편린

◁ **[모란]** 31.0×46.8cm 종이에 연필

2020. 2 고숙교

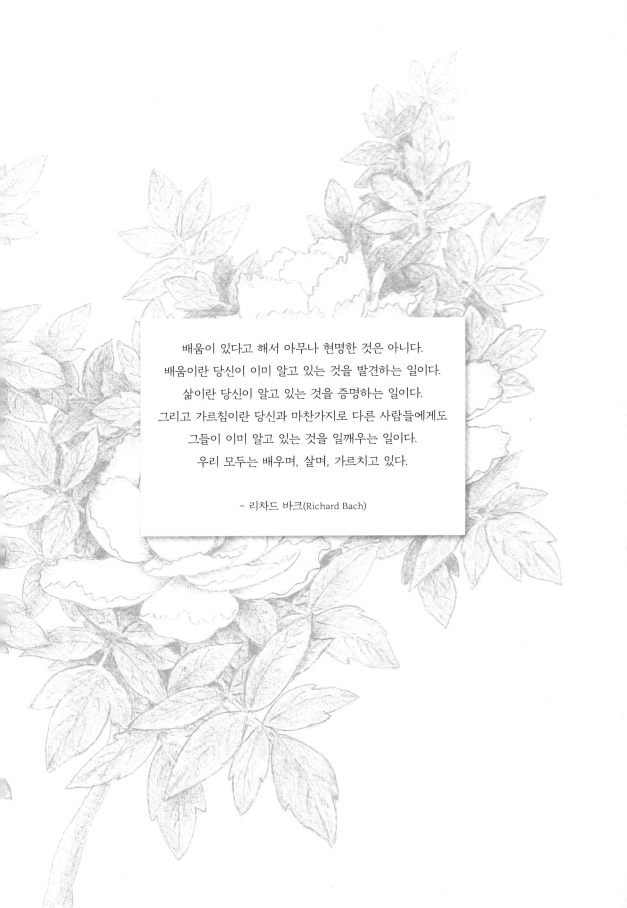

배움이 있다고 해서 아무나 현명한 것은 아니다.
배움이란 당신이 이미 알고 있는 것을 발견하는 일이다.
삶이란 당신이 알고 있는 것을 증명하는 일이다.
그리고 가르침이란 당신과 마찬가지로 다른 사람들에게도
그들이 이미 알고 있는 것을 일깨우는 일이다.
우리 모두는 배우며, 살며, 가르치고 있다.

– 리차드 바크(Richard Bach)

11. 교사의 모습

모든 교사들은 나름대로의 철학을 가지고 아이들을 가르친다. 모든 아이들도 또한 나름대로의 시선으로 교사를 바라보고 있을 것이다.

교사가 엄하기만 하면 아이들은 멀어진다. 반면 방임하면 흐트러지는 것이 아이들이다.

교사들은 대부분 엄격함과 자애로움을 겸하고 있다. 엄중자(嚴中慈) 혹은 자중엄(慈中嚴). 어느 쪽을 우선하느냐는 교사 개개인의 성향일 것이다.

나는 어떤 선생님이었을까?

"너 맞아야 쓰것지?"

사투리를 섞은 훈계를 한 다음 나는 매를 들어 아이의 손바닥을 때린다. 체벌이 당연시되던 시절, 나 역시 아이들을 많이 때렸었다. 좋은 말로 설득하다가도 아이가 고집을 부리면 아이를 들어 던져 버리기도—표현이 거칠지만 이렇게 쓸 수밖에 없다—했다.

고학년 담임을 할 때는 학년 말에 학급문집을 만들곤 했는데, 아이들이 내 이름을 거론하며 "너 맞아야 쓰것지?" 하고 그려 놓은 만화나 글들을 많이 볼 수 있었다. 나로 인해 던져진(?) 아이는 그 장면을 만화로 그려 놓고 "우리 선생님 힘이 짱!"이라고 표현해 놓았다.

그렇게 나는 체벌을 자주 했지만, 내 주위에는 항상 아이들이 몰려들었다.

매를 맞을 때는 찔끔찔끔 눈물도 흘리지만, 언제 그랬냐는 듯 헤헤거리며 나와 장난을 친다.

어떻게 알았는지 내 생일날 파티를 준비해 놓고 내가 출근하길 기다려 준 구로남초등학교의 아이들. "오빠… 아, 아니. 선생님." 나와 말을 주고받다가 불쑥 내뱉은 말에 스스로 당황해하면서 얼굴이 붉어지던 5학년 희성이의 모습이 지금도 눈에 선하다. 3학년 보람이는 등굣길이건 쉬는 시간이건 나만 보면 달려들어 어깨 위로 기어올랐다. 1학년 한나는 자신이 다니는 교회 목사님에게 이렇게 말했다고 한다.

"저는 세 가지 은혜에 감사합니다. 우리 부모님이 날 낳아 주신 것. 하나님을 알게 된 것. 그리고 우리 선생님을 만난 것."

교회 신문에 실린 그 글을 직접 읽었었다.

다 그러기야 했겠는가만 대체로 아이들은 나를 잘 따라 주었다. 좀 더 솔직히 말하자면 많은 아이들이 나를 무척 좋아했다. 그 이유를 곰곰 생각해 보고 스스로 이런 답을 얻었다.

'아이들이 나를 좋아했던 것은 내가 아이들을 좋아했기 때문이다.'

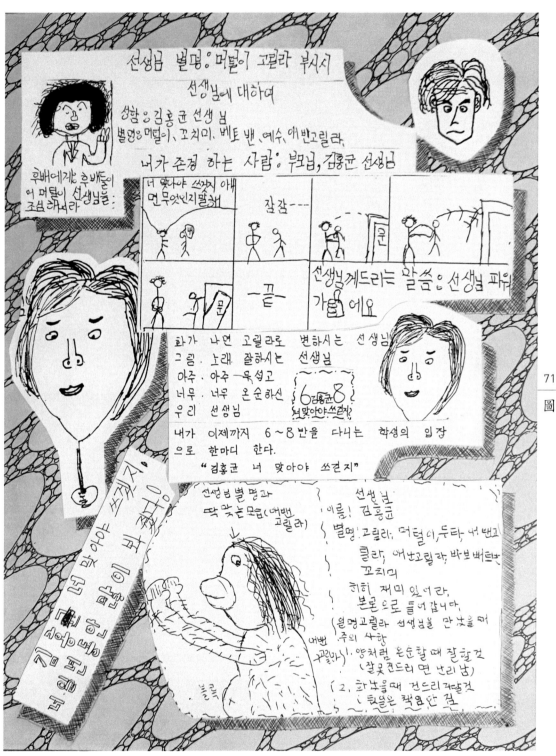

[학급문집에서] 26.6×20.2cm 콜라주

개나리

포근한 가슴에
번지는
따스함

그리운 마음에
피어난
화사함

진혜원(1979~)

경인교육대학교 졸업, 서울교육대학교 대학원 졸업, 현 서울수서초등학교 교사.
용인문화재단 거리아티스트, 서울 거리아티스트.
2011, 2017 KBS 창작동요제 작사우수상, 2014 백제나라 창작동요제 작곡우수상.
서울개포초등학교에서 같이 근무했었다. 음악적 소양이 풍부해
합창부와 기악부를 지도했으며 오카리나 연주는 최고의 수준이다. ▷

숲속의 음악회

(오카리나 연주곡)　　진혜원 작곡

12. 그 일—결코 용납될 수 없는

큰 잘못을 했음에도 다행히 별 탈 없이 지나갔을 때, 그 순간에는 안도의 한숨이 나온다. 그런데 가슴속에 새겨진 죄의식은 오랫동안 지워지지 않고….

오늘도 그 아이는 운동장 한가운데 혼자 서 있다.

입학식 날 담임인 나의 인상이 너무 강해서 무서운 생각이 들었을까? 아니면 학교 자체가 싫었던 것일까? 그 아이는 입학식 다음 날부터 교실에 들어오지 않고 있다. 교실로 데리고 오려고 내가 밖으로 나가면 저만치 도망가는데, 아주 가 버리는 것도 아니고 잡히지 않을 만큼만의 거리를 두고 움직인다. 내가 포기하고 교실로 들어오면 다시 수업이 끝날 때까지 운동장 가운데에 서 있기를 날마다 반복하는 것이다.

그러기를 한 달째. 나는 약이 오를 대로 올랐다.

생각해 보면 나는 얼마나 멍청했는지! 몰래 고학년 아이들을 시켜 데려오라고 했으면 간단히 해결되었을 일을, 화가 난 마음에 그저 내가 데리고 들어오려고만 했으니 말이다.

드디어 기회가 왔다.

4월 초 운동장에서 학교 행사가 있었는데 그 아이가 넋을 놓고 구경하고 있는 게 아닌가? 나는 눈치채지 못하게 슬그머니 다가가서 그 아이를 붙잡아 교실로 데리고 들어왔다. 그리고 몽둥이로 엉덩이를 때렸다. 화가 풀릴 때까지 마구 때렸다. 그 아이는 울면서 싹싹 빌었다. 그리고 나와 약속한 대로 다음 날부터 교실까지 잘 들어와 수업을 받았다.

그러면 그렇지, 역시 매가 약이야.

이틀이 지났을까?

그 아이의 어머니가 찾아왔다. 그분의 큰아들이 작년에 6학년이었고 내가 담임을 맡았었기에 안면이 있었다. 그 어머니는 나를 조용히 복도로 불러내더니 공손히 말했다.

"선생님께 드릴 말씀이 있어서 왔습니다."

그러고는 함께 복도로 나온 아들의 바지를 벗겨 엉덩이를 나에게 보여 주었다.

순간, 나는 멍해졌다.

아이의 엉덩이에서 허벅지까지, 아랫도리에 온통 시커멓게 피멍이 들어 있는 게 아닌가?

'…내가 무슨 짓을 한 거지?'

그 어머니는 조용히 말을 이어 갔다.

"아이가 이틀 동안 잠을 자지 못하고 끙끙 앓아서 왜 그런가 하고 바지를 벗겨 보았더니 이렇게 생겼습니다."

나는 아무런 말도 하지 못했다. 죄송하다는 말도 나오지 않았다. 등허리에서 진땀이 흘렀다.

"선생님께서 잘 가르치려고 때리셨겠지요. 그런데 우리 아이 상태가 저러하니 혹시 행동이 부자연스럽더라도 선생님께서 이해해 주셨으면 합니다."

그 어머니는 말이 끝나자 공손히 인사를 하고 돌아갔다.

… 그랬다.

그 시절은 체벌이 용납되던 시절이었다.

"미운 아이 떡 하나 더 주고 예쁜 아이 매 하나 더 때린다."라는 속담이 교육의 진리로 통하던 시절이었다. 학부형이 담임 선생님을 만나면 "선생님. 우리 아이 많이 때려 주세요."라고 하는 말이 인사였다. 체벌이 곧 교육이었다. 그러나 그 아이의 몸에 든 피멍은 나의 체벌이 교육이 아니라 폭행이었음을 명백하게 보여 주고 있었다.

만약 내 아이가 저 정도로 교사에게 맞고 왔다면?

나는 절대로 그 교사를 용서하지 않았을 것이다. 그런데 그 어머니는 그대로 돌아갔다. 처음부터 끝까지 공손한 태도로 그렇게 말하고 돌아갔다.

나는 내가 미워졌다.

지금도 그때의 일이 떠오르면 진땀이 난다. 아아,

그 아이는 그때 이제 갓 입학한 여섯 살이었다!

그 아이는,

지금도 그때의 일을 기억하고 있을까? 나를 기억하고 있겠지. 그게 무슨 대수인가. 그날 그 일로 인해 그 아이가 느꼈을 육체적 정신적 고통이 너무나 컸을진대…

내 평생 해 온 일 중에 가장 몹쓸 짓거리였다.

나는 그 아이의 이름과 그때의 모습을 똑똑히 기억하고 있다. 그의 어머니께서는 지금도 생존해 계실까? 늘 미안한 마음을 안고 살았지만 만나 뵙고 용서를 빌 용기는 나에게 없었다.

이 얼마나 비겁한 모습인지.

옛날 옛적 어느 나라에*

옛날 옛적
어느 나라에서는
학부형이 선생님께 아이를 부탁할 때
이렇게 말했답니다
— 선생님, 우리 아이 많이 때려 주세요
그러면 선생님은
아이들을 마구마구 때리기도 했는데
아이가 매를 맞고 집에 오면
어머니는 또
이렇게 말했답니다
— 선생님이 너 사람 되라고 때리셨단다

◁ [등교] 26.6×20.2cm 종이에 연필

---

* 시집 『그런 시절』에 실었던 시

첫 눈

김관식 시 김홍균 작곡

첫 눈 이 오 네 요 하 늘 - 끝 에 서

기 다 리 고 기 다 린 반 가 운 - 손 님

방 글 방 글 웃 으 며 춤 을 - 추 면 서

우 리 보 고 하 는 말 함 께 놀 - 아 요

13. 싸우며 크는 아이들

'아이들은 싸우면서 큰다.'라는 것은 옛말이다. 요즈음 학부모들은 내 자식이 학교에서 맞는 것에 대해 결코 참지 않는다. '학교폭력'을 누가 용인하겠는가?

6교시 끝나는 종이 울렸다.

운동장에서 체육 수업을 마친 나는 아이들에게 교실로 들어가라고 했다. 그 순간,

"선생님. 영이와 순이가 싸워요."

아이들이 말하는 소리에 뒤를 돌아다보았다.(영이와 순이는 가명이다. 실제 이름은 물론 기억하고 있다.) 둘은 서로의 머리카락을 두 손으로 움켜쥔 채 엉겨 있었다.

"야!"

내가 내지르는 소리에 둘은 얼른 떨어졌다. 영이의 손에는 순이의 머리카락이 한 움큼 잡혀 있었고 순이는 빈손이었다. "빨리 교실로 들어가. 들어가서 보자."

나는 두 아이를 나무란 후 교무실에 공을 반납하고 종례를 하기 위해 교실로 갔다.

종례하는 내내 영이는 머리를 책상에 묻고 엎드려 있었다.

'저놈의 기집애. 순이 머리카락을 뽑아 놓고 나니 퍽이나 미안했나 보구나.'

굳이 더 나무라지 않고 아이들을 집으로 돌려보냈다.

다음 날 영이는 결석을 했다. 같은 마을 사는 아이에게 무슨 일인지 알아보고 오라고 했다. 그다음 날 그 아이는 뜻밖의 소식을 가져왔다.

"선생님. 영이가 병원에 입원했답니다."

이게 무슨 소리인가?

그날 수업이 끝난 후 조퇴를 하고 영이가 입원한 읍내 병원을 찾았다. 영이 부모님이 반색을 한다.

"아니, 선생님. 학교 일도 바쁘실 텐데 어떻게 이곳까지 오셨습니까?"

"어디가 아파서 입원을 다 했습니까?"

참 어이없는 사건의 전말은 이랬다.

영이와 순이는 머리카락을 서로 잡아당겼는데 머리가 뽑힌 순이는 차라리 괜찮았다. 그런데 순이가 움켜쥐고 당긴 영이의 머리카락은 뽑히지 않고 그만 머리 피부가 들떠 버린 것이다. 그 사이로 출혈이 생기는 바람에 얼굴까지 통통 부어올라, 병원에서는 추이를 지켜보고 있는데 자칫 위험한 상황이 올 수도 있단다.

"죄송합니다. 제가 지도를 소홀히 해서…"

"아이고, 선생님. 무슨 말씀을 하십니까? 어디 선생님께서 싸우라고 시켰겠습니까? 아이들이 싸울 수도 있는 거지요."

"치료비는 어떻게…?"

"아니, 내 자식이 다쳤는데 부모인 우리가 치료비를 내야지, 어떻게 남에게 치료비를 내라고 합니까? 그 아이나 내 아이나 똑같이 싸우다 벌어진 일인데."

무슨 말만 꺼내면 말이 끝나기도 전에 손사래를 친다.

그들은 담임인 내가 찾아온 사실만으로도 진심으로 고맙고 미안하게 생각하고 있었다. 나는 교장 선생님의 허락을 받아 매일 면 소재지에 있는 학교에서 읍내 병원까지 병문안을 갔었는데, 사흘이 지나자 그 부모님들이 너무나 부담스러워해서 그만두었다.

다행히 영이는 완쾌되었다. 그래도 살림살이가 제법 넉넉했던 영이네는, 찢어지게 가난한 순이네에게 치료비에 관해 한마디도 하지 않았다.

1980년, 6학년 담임을 맡았을 때의 일이다.

다음 해에는 1학년 담임을 맡았다.

쉬는 시간에 한 녀석이 화장실 가는 아이의 발을 장난삼아 걸었는데, 그 바람에 넘어진 아이의 다리뼈가 부러져 버렸다. 아무리 어린아이라지만 다리뼈가 그렇게 쉽게 부러지는 줄은 미처 몰랐다. 부랴부랴 병원으로 업고 가 깁스를 하고 있는데, 연락을 받은 그 아이 부모님도 하던 농사일을 중단하고 달려왔다.

"죄송합니다. 제가 지도를 소홀히 해서….."

"아이고, 선생님. 무슨 말씀을 하십니까? 어디 선생님께서 장난치라고 시켰겠습니까? 아이들이 장난칠 수도 있는 거지요."

"치료비는 어떻게…?"

"아니, 내 자식이 다쳤는데 부모인 우리가 치료비를 내야지, 어떻게 남에게 치료비를 내라고 합니까?"

이렇게 똑같은—단어까지 똑같기야 했겠는가만—내용의 대화가 오고 갔다.

그래도 이번에 발을 건 아이의 집은 그렇게 가난하지는 않아서, 며칠이 지난 후 그 아이의 아버지가 치료비의 절반을 들고 다리 부러진 아이의 집을 찾았다.

정말로 고마워하는 한 아버지와, 미안해하는 또 다른 아버지 그리고 나 셋이서 그날 밤 김치 안주 한 가지에 소주 한 됫병을 다 비웠다.

[Landscape in mind 2010-6] 45.8×45.8cm 판화(Lino-Cut 소멸판법)

이영기(1966~)

서울교육대학교 졸업, 홍익대 대학원 졸업(교육학 박사).
홍익대, 서울교대, 교원대, 경인교대 겸임교수. 개인전 6회, 단체전 다수.
현 서울동답초등학교 교장, 서울교대 대학원 강사, 필로프린트판화가협회 고문.
서울초등미술교과연구회에서 같이 활동했다. 젊었을 때부터
연구회의 중추적인 역할을 했으며, 연구회의 미래를 이끌어 갈 사람이다.

백합

그렇게 살고 싶다

생의 백지 위에
한 점
티끌도 마다한 채
별빛인 양
살고 싶다

노을

김하련 작사   김하련 작곡

산마루 해저물면 그대오려나
바람에 실-려온 그대향기에

노을이 타오르면 기다림도타-오르네
가슴에 묻-어둔 그리움이피-어나네

산그림자 뉘엿뉘엿 노을따라 흘러가면
긴-세월 아-련한 추억따라흘러가면

그리움 산너머에 고이접어내려놓으리
붉은산 남겨두고 노-을만저물어가네

김하련(1960~)

광주교육대학 졸업, 강남대학교 대학원 졸업.
EBS 교육방송 강사, 현 서울가락초등학교 교장.
대학 후배이며 음악 활동으로 인연을 맺었다. 매사에 적극적이고
리더십이 뛰어나, 재개교한 현재 학교의 교가를 작사, 작곡했다.

14. 가르친다는 것, 받아들인다는 것

한 명의 교사는 자신의 한 가지 생각으로 말하고 가르친다. 그러나 모든 학생들은 자신들의 갖가지 생각으로 교사의 말을 듣고 받아들인다.

"선생님. 오랜만입니다."

한 어머니가 아이와 함께 교무실로 들어온다. 한 시간 전쯤 전화가 왔다. 6년 전 자기 아들이 1학년이었을 때 담임을 맡았던 나를 만나고 싶다고 해서, 그러자고 했다. 그때 나는 교감으로 승진되어 다른 학교에서 근무 중이었다.

"선생님. 우리 아무개입니다."

나도 반갑게 인사를 했으나 미안스럽게도 그 어머니는 물론 아이도 기억이 나지 않았다. 아마도 뛰어난 모범생도, 그렇다고 아주 말썽꾸러기도 아닌 평범한 아이였을 것이다.

"선생님. 우리 아이가 이번에 중학교에 입학했습니다. 그런데 신입생들이 보는 배치고사에서 전체 1등을 했답니다."

아이들이 초등학교에 입학해 1학년 생활을 시작하면, 모든 학부형들은 자기 자식이 학교생활에 잘 적응하고 있는지 무척이나 궁금해한다. 당연하고 또 당연한 일이다. 그래서 학기 초에 특히 1학년 학부형들은 담임과의 상담을 많이 하게 된다.

이 어머니도, 아이가 1학년이었을 당시 상담할 목적으로 학교를 찾아왔었다. 유리창 너머로 아이들이 공부하는 모습을 살펴보다가 커다란 충격을 받았다고 했다.

다른 아이들은 모두 교사와 함께 활발하게 학습활동을 하고 있는데, 자기 아이만 제대로 따라 하지 못하고 있는 것처럼 보인 것이다.

사실이 그러했을까, 아니면 그저 부모의 눈에 그렇게 비친 것일까?

"선생님. 우리 아이가 이렇게 뒤처지는데 어떻게 하면 좋을까요?"

앞에서도 언급했지만, 정말 많이 뒤처지는 아이였다면 내가 기억했을 수도 있다. 그러나 그런 기억이 없는 것을 보면 딱히 문제가 될 만한 점은 없지 않았을까?

"아이고, 어머님. 걱정하지 마십시오. 조금 빨리 되는 아이도 있고 늦되는 아이도 있는 법이지요. 시간이 지나면 다 같아집니다. 절대로 조급하게 생각하지 마십시오. 저도 아주 늦되는 아이였습니다. 저학년 때에는 매사에 지나치게 소극적이었는데 나중에는 우등상도 받고 반장도 했답니다."

"선생님의 그 말씀을 듣고 얼마나 힘이 났는지 모릅니다."

내가 그런 말을 했었을까?

학부모가 위와 같은 고민을 털어놓았다면, 분명 나라면 그렇게 말했을 것이다. 어쩌면 손사래까지 쳐 가며 정말로 걱정할 것 없다고 안심시켰을 것도 같다.

사실 그렇다. 처음에는 발달 정도에 차이가 있다고 여겨지던 어린이들도, 시간이 지나면서 그 격차가 줄어드는 것을 많이 보아 왔다. 물론 근본적인 문제가 있는 아이는 그렇지 않을 수도 있을 것이다. 그러나 누구에게나 가능성을 열어 주는, 그런 답을 주어야 하지 않겠는가?

내가 어렸을 때 소극적이었다는 것은 분명한 사실이다.

그 어머니는 그래서 그 후로 서두르지 않고 차근차근 학습지도를 했는데, 아이도 잘 따라 주었고 드디어는 중학교 배치고사에서 전교 1등을 했다는 것이다. 그리고 그렇게 힘을 실어 준 1학년 때 담임 선생님께 감사의 인사를 드리고자 아이와 함께 찾아왔단다.

그 순간 내색은 하지 않았지만 내심 기뻤고 나 자신이 자랑스럽기까지 했다.

6년 전 내가 그 학부모에게 한 말은 진심이었을 것이다.

그러나 솔직히 상투적인 말이었다. 다른 그 누구의 학부모였든 간에, 같은 걱정을 하고 있었다면 내 대답 역시 똑같았을 것이다. 누구에게나 똑같이 했을 말을, 그 어머니와 아이는 의미 있게 받아들이고 실천한 것이다.

그렇듯 교육이란 가르치는 것이 아니라 받아들이는 것이라는 생각이 든다.

그 아이가 그처럼 좋은 결실을 맺은 것은 대단히 기쁜 일이지만, 그것이 내가 잘 가르친 덕분이라고 자랑스러워할 일은 아니다.

[졸업] 1995년 2월 서울금양초등학교 졸업 기념 문집에 실은 만화

좋은 말씀

우리 엄마는 저를 위해
좋은 말씀을
참 많이 해 주십니다

내가 즐겁게 놀고 있으면
조용한 목소리로
— 공부해라
그래도 계속 놀고 있으면
도끼눈 치켜뜨고
— 좋은 말로 할 때 들어라!

겨울새·5,4

윤삼현 시 김홍균 작곡

새 - 는 움 직 이 는 하 - 늘 이 예 요

길 동 무 와 먼 - 길 날 개 짓 하 며 떠 나 는

하 늘 의 반 짝 이 는 꿈 - 이 예 요

지 도 한 장 없 이 떠 나 도 걱 - 정 없 어 요

조 그 만 눈 이 라 도 세 상 길 이 훤 해 요

해 를 품 고 날 으 니 까 달 을 안 고 날 으 니 까

15. 제자들

有朋自遠方來不亦樂乎(벗이 있어 먼 곳에서 찾아오니 또한 기쁘지 아니한가?) — 제자가 있어 먼 훗날 찾아오니 참으로 기쁘지 아니한가?

"선생님 잘 들겠습니다."

내가 채워 준 술잔을 들고 진걸이가 공손히 말한다.

나는 아프면서 술을 끊었다. 진걸이가 집에 올 때마다 술을 내놓으면 진걸이 혼자, 혹은 우리 아이들과 같이 마신다. 진걸이는 오늘도 푸짐한 안주를 사 와서—말이 안주지 두고두고 먹을 만큼 사 와서—함께 저녁을 먹는다.

아들이 되어 버린 제자.

첫 발령을 받은 영광 염산초등학교에서 맨 처음 6학년을 맡았을 때 반장을 했던 그와 함께, 40년도 더 지난 옛날로 돌아가 추억의 이삭들을 줍는다.

"…소학교 때 책상을 같이했던 아이들의 이름과…" 윤동주의 시어처럼 반짝이는 이름들! 그 해맑은 얼굴들과 웃음소리가 지금까지도 선명하다. 모두들 열심히 살고 있겠지. 혹은 벌써 유명을 달리한 안타까운 이름도 있지만. 그러나 그들 모두 내 마음속에는 항상 파릇한 어린이들의 모습으로 남아 있다.

진걸이만큼은 아닐지라도 염산의 아이들은 여럿이 나를 찾아 주었다.

서울 논현동 반지하 셋방에서 살 때, 진걸이를 비롯해 수도권에 살던 아이들(?)이 찾아와 즐거운 한때를 보내기도 했다.

개인적으로도 딸 같은 정수미는 물론이고 그와 같은 반이었던 김미라, 1학년 때 담임을 맡았던 서인영, 6학년 때 옆 반이었는데 노래를 잘 불러 음악 담당인 나와 늘 함께했던 임유미 등이 여러 경로를 통해 내 연락처를 알아내어 찾아왔다.

진걸이에게 졸업 기념으로 만들어 준 40여 년 전의 교지를 보여 주었다. 그 옛날에 등사원지를 철판에 놓고, 철필로 글씨를 쓰고, 등사잉크를 로울러에 묻혀서 한 장 한 장 문질러 등사해 만든 교지이다. 교지를 만들자고 건의한 사람이 나였기에 선생님들과 아이들의 원고를 모으고 원지를 끊는 일까지—원지에 글씨를 쓰는 것을 '원지를 끊는다'고 했다—혼자 다 했다. 새삼스러워하는 진걸이에게 말했다.

"염산은 성인으로서의 내 인생이 시작된 곳이다."

늙었는데

한번 세어 보자
1부터 지금 내 나이의 수까지
1분도 걸리지 않는다

설도 추석도
그만큼밖에 쇠지 않았다
첫눈 맞이는 몇 번이었고
개나리 꽃망울 터지는 모습은
또 몇 번이나 보았을까?

그래서
옛날 일들이 이처럼
손에 잡힐 듯하나 보다

※ 1980년 2월 교지 표지

"선생님. 저 탁이진입니다."

졸업한 지 20년 가까이 되었는데 어떻게 내가 근무하는 곳을 알아냈나 보다.

나는 물론 6학년 때 남자 반장을 한 그를 기억하고 있었다.

"선생님 혹시 박현예를 기억하십니까?"

알다마다. 여자 반장인 현예는 정말 착하고 성실한 아이였다.

졸업 무렵 중학교 측에서 교과서 주문서가 왔는데, 현예는 교과서를 사지 않겠다고 했다. 모든 과목을 헌책으로 공부하겠다는 것이었다.

나는 현예를 따로 불렀다.

"현예야. 헌책으로 공부해도 아무런 문제가 없지만, 수학책은 교과서에 문제 풀이가 되어 있는 경우가 많아 새책으로 공부하는 것이 훨씬 좋다. 내가 수학책만 한 권 사 주마."

아무 말 없이 돌아간 현예는 졸업식 날 편지가 든 봉투를 내밀었다.

"선생님 감사합니다. 선생님 은혜에 보답하기 위해 부모님과 상의해서 이런 결정을 내렸습니다. 아무 말씀 마시고 받아 주세요."

편지의 내용은 이러했는데, 봉투 안에는 수학책 값보다 훨씬 더 많은 돈이 들어 있었다.

나는 그 돈을 받을 수밖에 없었다.

"선생님. 저 현예와 결혼했습니다."

기무사에서 근무하는 이진이는 그렇게 현예와 살고 있었다.

나중에 양구에서 근무하는 이진이를 찾아가 하룻밤을 묵었는데, 덕분에 양구의 명물 '펀치볼'이라는 지형도 구경할 수 있었다. 그 후 내가 암과 싸우게 되었을 때, 암에 좋다는 겨우살이를 구해 보내 주고 가끔 안부를 물으며 집에도 찾아온다.

두 번째 근무지 영광 백수남초등학교에서 근무했을 때 가르쳤던 제자들이다.

초소에서

여기는 양구
"인제 가면 언제 오나"
군인들 하소연에
"그래도 양구가 있다!"는
첩첩산중
손에 잡힐 듯
북한군 초소를 마주한 곳에
나는 서 있다

금강산이 저기
언젠가 가야 할 곳
아니
언제든지 갈 수 있어야 할 그곳
펀치볼 저 아래
올망졸망한 마을
그곳의 사람들도
같은 꿈을 꾸리라

너무 오래 서 있으면 안 된다는
병사의 권유를 따라
아군 초소 담벼락에
재빨리 몸을 숨겨야 하는
북녘 땅과 맞닿은 휴전선
한반도의 중심이라는
여기는 양구

※ 펀치볼에서

1990년 2월.

서울구로남초등학교에서 56명의 아이들을 졸업시켰다.

몇 달 후 중학생이 된 아이들이 반창회를 만들었다며 서른 명 가까이 찾아왔다. 반갑게 맞아 서로 이야기꽃을 피웠다. 그 후로도 아이들은 수시로 찾아왔다. 내가 학교를 옮긴 다음에도 1년에 네댓 번씩 찾아왔다. 중학교도 서로 다른 아이들이, 시간을 약속하고 만나서 구로구 구로동에서 용산구 효창동까지 꽤 먼 거리를 찾아온 것이다.

나중에는 더 먼 논현동 집에까지 찾아왔다. 그 당시 반지하 셋방에 살던 우리 부부는 생활의 거의 전부를 '내 집 마련'이라는 절대적 목표에 맞추어 놓고 살던 때라, 아이들이 찾아와도 제대로 대접을 하지도 못했다. 그래도 아이들은 꾸준히 찾아왔다.

분당으로 이사한 후에는 우리 가족들과 같이 공원에도 가고 등산을 하기도 했다.

세월이 많이 흘렀다.

남자들이 군대를 갔다 오고 사회생활을 시작하면서 모이는 숫자가 조금 줄어들기는 했지만, 그래도 아이들은 모임을 계속 이어 나갔다. 열 명이 넘는 아이들의 결혼식 주례를 서 주었다. 반창회 커플도 탄생했다. 가정을 가진 후에도 아이들은 계속 찾아왔다.

구로동. 가난한 동네에서 자랐는데도 마음속에 그림자가 느껴지지 않는, 밝은 아이들이다. 모임에 나오던 친구 한 명이 뜻하지 않게 죽고 말았는데, 그 어머니를 찾아뵙고 친자식처럼 위로해 드리던, 그렇게 따뜻한 아이들이다. 지금도 그 아이들은 여전히 연락을 하며 살고 있다. 카톡방에 있는, 지금은 40대 중반인 그들의 이름을 적어 본다.

강병준, 고은경, 김낙미, 김수정, 김정광, 김진숙, 김재복, 김희진, 박명진, 박승천, 송경란, 송명균, 신향복, 이백구, 이상근, 이상연, 이외선, 이진우, 이현영, 임소영, 정준용, 지현석, 황인영.

구로동 구종점

냉기 어린 새벽
구로동 구종점에 모닥불을 피운다

가로수 뽑힌 터에 모여드는
일, 일을 찾는 사람들

가슴을 쪼이면 등이 시려워
타들어 가는 희망 뒤에
재처럼 사위어지는 나날

먹어야 산다는 불변의 진리는
내일을 부정하고
오늘, 당장의 삶을 위해
일터로 가는 봉고차에 오르는
행운을 붙잡아야만 한다

어찌 알랴
이부제로 잠을 자는 닭장집에서
오늘 밤
연탄가스에 실려 나갈지

서울 입성의 교두보
구로동 구종점
모닥불은 꺼져 가고
추운 아이
불씨를 헤집고 있다

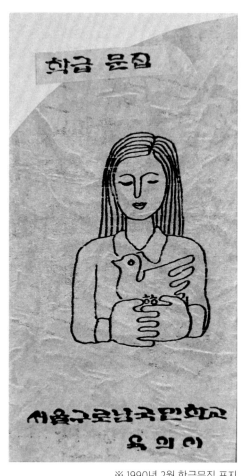

※ 1990년 2월 학급문집 표지

칭찬 꽃다발

진혜원 작사   진혜원 작곡

칭 찬 꽃 다 발   많 이 많 이   선 물 해 주 세 요

칭 찬 꽃 다 발   엄 마 에 게   받 고 싶 어 요
아 빠 에 게

장 난 꾸 러 기   말 썽 꾸 러 기   수 다 쟁 이 에   엄 살 도 많 지 만
힘 들 때 에 도   슬 플 때 에 도   웃 게 만 드 는   우 리 집 비 타 민

널 믿 는 다 고   잘 할 거 라 고   꼬 옥 안 아   주 세 요
네 가 최 고 야   너 를 사 랑 해   어 서 말 해   주 세 요

칭 찬 꽃 다 발   내 맘 속 에   가 득 차 있 으 면   나 도 누 구 보 다
                                                      나 도 친 구 에 게

멋 진 아 이 될 거 에 요
가 득 나 눠 줄 거 에 요

진혜원(1979~)

경인교육대학교 졸업, 서울교육대학교 대학원 졸업, 현 서울수서초등학교 교사.
용인문화재단 거리아티스트, 서울 거리아티스트.
2011, 2017 KBS 창작동요제 작사우수상, 2014 백제나라 창작동요제 작곡우수상.
서울개포초등학교에서 같이 근무했었다. 자신의 음악적 소양을 한껏 살려
전교생에게 오카리나 지도를 했고, 길거리 연주도 한다.

16. 낙월도에서

푸른 바다 위에 떠 있는 어느 섬인들 그림 같지 않으랴. 섬에 사는 그 누군들 순박하지 않으랴. 그러나 모진 삶은 어느 곳에나 예외가 없는 법이어서….

하낙월도(下落月島)는 작지만 참 아름다운 섬이었다.

몇 안 되는 1학년 꼬맹이들을 올망졸망 앉혀 놓고 열심히 가르쳤다. 섬마을 평교사가 꿈이었던 나는 이 작은 섬이 참 좋았다. 동료 교사들은 주말이면 육지에 나갔다가 들어왔지만, 나는 방학 때 외에는 거의 섬을 뜨지 않았다.

넓은 바다는 바라만 보아도 좋았다. 평생을 살 수 있었으면 더 좋았으련만, 벽지점수라는 것이 생기면서 교사는 섬에서 일정 기간 이상 근무할 수가 없게 되었다.

수석 채취가 용인되던 시절이어서 틈나면 바닷가로 탐석을 나갔다. 낙월도 검은 돌(墨石)은 수석 수집가들 사이에 널리 알려져 있다. 많은 주민들이 외지인들에게 수석을 팔아 생계를 유지하고 있었다. 가전제품을 새로 살 때 수석으로 물물교환을 하기도 한다.

철 따라 산에서 고사리며 잔대─그곳에서는 딱지라 부른다─를 실컷 캘 수 있었다.

바다에서 막 건져 올린 고기로 회를 떠서 먹었다.

섬마을 선생님인 나는 그렇게 행복했다.

[수석(섬)] 18.5×6.5×6.0cm 낙월도 산

낙월도 앞바다에는 멍텅구리선이 많이 떠 있었다. 덩치는 엄청 큰데 배를 움직일 수 있는 기관이 없으니 혼자 움직이지 못해서 붙여진 이름이다. 기관 달린 작은 배가 멍텅구리선을 바다 가운데로 옮겨 놓으면, 그 자리에서 닻을 내리고 그물을 펼쳐 밀물과 썰물을 따라 이동하는 고기를 잡는다. 주로 새우를 잡는데, 낙월도 육젓은 유명하다.

멍텅구리선은 3월에 출항하면 7월 말까지 바다에 떠 있다. 8월에 섬으로 돌아와 그물을 손질하고, 9월에 다시 나가 12월까지 바다에 떠 있다.

선주는 하루에 두 번씩, 밀물과 썰물이 바뀔 때 기관 달린 배로 멍텅구리선에 다가가 물과 먹을 것을 건네주고, 잡아 놓은 새우를 실어 온다. 가져온 새우를 선주네 집 마당에 퍼 놓으면, 동네 사람들이 모여들어 새우와 함께 섞여 있는 잡어들을 골라 가져간다. 골라낸 고기는 품삯이 되고 선주는 나중에 남아 있는 새우만 따로 손쉽게 정리한다.

그물 깁기

살림의 폭만큼 그물을 펼쳤다

한 올
한 올
짠물에 절여진 생활을 깁는다

마음속 뚫린 구멍 한숨으로 메워 가면
비린내 가득한 이 손에도 행복이 잡혀질까?

널려진 그물에
그래도 햇살은 내린다

[수석(초가집)] 32.5×12.5×17.5cm 낙월도 산

멍텅구리선에는 1명의 선장과 4명의 선원이 타고 있다. 내가 근무했던 1987년에 선장 연봉은 150만 원, 선원 연봉은 50만 원이라고 했다.

태풍 셀마호 때 멍텅구리선 12척이 침몰되어 56명이 죽고 단 4명만 살아남았다.

2명은 다행히 침몰하지 않은 옆 배에 구조되었고, 나머지 2명은 배가 침몰할 때 물통에 몸을 묶고 바다에 뛰어들었는데, 때마침 밀물이어서 섬으로 밀려 들어와 살았다고 했다. 안타까운 것은, 원래는 5명이 함께 물통에 몸을 묶고 바다에 뛰어들어 다 같이 섬으로 밀려 들어왔는데, 그중 3명은 섬에 발을 딛는 순간 뒤에서 덮친 파도에 휩쓸려 버렸단다.

200명 남짓한 주민들이 사는 이 작은 섬에서 하룻밤 새에 56명이 죽어 버린 것이다.

선원들은 거의 모두가 외지인들이다.

이 선원들이 인신매매로 팔려 와 새우잡이 어선에서 노예처럼 생활한다는 언론 보도가 있었던 것으로 안다. 그런데 바로 옆에서 지켜본 바로는 꼭 그렇지만은 않은 것 같았다. 사람마다 복잡한 개인사에 얽혀 있다고 보는 것이 더 맞는 것 같았다.

통상적으로 죽은 자에 대한 보상금은 1인당 30만 원 정도라고 들었다.

당시 쌀 한 가마니에 10만 원 정도 했던 것 같다.

[수석(원석 1)] 17.5×10.5×17.5cm 낙월도 산

멍텅구리선(船)

쌀 다섯 가마니에 저당 잡힌
일 년치 목숨

멍텅구리들이 타고 있는
멍텅구리선

오도 가도 못하는
한가운데 바다
파도가 거칠수록
묵직한 그물

나 죽으면
쌀 세 가마니
보상금은 식구가 먹고
오 척 단신
몸뚱이는 고기가 먹고

[수석(원석 2)] 12.5×12.5×21.5cm 낙월도 산

섬 아낙네

소주 한잔 들이켜고 팔딱거리는 대하 한 마리 입 속에 넣고 오드득 씹었다
— 어떻게 살아야 하나, 오늘 또 하루를

술이 오르면 어디 보자, 잘난 서방 데리고 사는 년들 시비 한번 붙어 보자
머리채 잡고 악이라도 쓰고 싶은데 슬슬 피하고 한 년도 없다
— 간나구 같은 년들

오냐, 너 잘 걸렸다
애꿎은 새끼만 잡아 패고 안방에 큰대자로 누웠다
달그락거리는 소리
— 그래, 굶지는 말아야제

파도 소리
오장을 긁어 대던 서방의 술주정마저 그립다
비린내 물씬 풍기던 살 내음
바람 소리 가슴을 훑는다
— 웬수 같은 인간, 웬수 같은 인간

문고리 끌러 놓아도
새도록 찾아오는 잡놈 하나 없다
— 염병할 달은 왜 저리 밝다냐?

새벽 찬 기운에 진저리를 치며 눈을 뜨면 골 아프고 목말라 냉수 찾으러
엉금엉금 기는데 발끝에 차이는 어린 새끼
— 이놈아 감기 들면 어짤라고

떨리는 손으로 홑이불 끌어다 덮어 주었다

젊은 학부모는 남편을 잃고 혼자 살고 있었다. 늘 술에 취해 아무나 붙잡고 시비를 걸어 다들 슬슬 피했다. 자기 집 작은 방에 세 들어 사는 교사 부부에게도 걸핏하면 트집을 잡았다. 나이도 비슷한 부부가 알콩달콩 사는 모습을 보는 것이 힘들었을 것이다. 결국 그 선생님은 두어 달 만에 셋방을 옮겨 갔다. 1학년짜리 아들을 분풀이하듯 잡아 패기도 했다. 담임인 나한테만큼은 항상 깍듯했다.

한 사내는 달리는 어선에서 닻줄을 내리다가 그 줄에 발목이 감겨 그대로 잘려 나갔다. 발목이 잘리지 않았더라면 몸뚱이째 바닷속으로 내동댕이쳐졌을 것이다.

서울로 발령이 나서 내가 섬에서 나오던 날, 작은 어선에 타고 있던 그 발목 잘린 사내는 내가 타고 있는 한양호라는 100톤급 여객선으로 옮겨졌다. 그를 업고 온 선장의 장화도 닻줄에 긁힌 자국이 선명했다. 바다로 떨어지려는 그 사내를 필사적으로 붙잡으면서 생긴 자국이라고 했다. 바지로 감싸진 그 사내의 잘린 발목에서는 방울방울 피가 배어나오고 있었다.

나는 그 사내를 업고 배에서 내렸다.

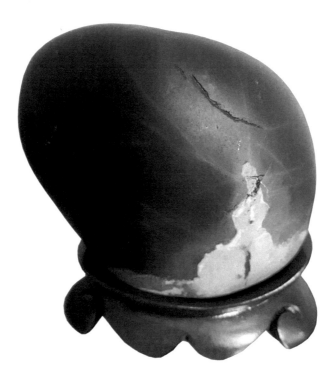

[수석(해변의 여인)] 9.5×5.0×9.0cm 낙월도 산

종이배

김관식 시　김홍균 작곡

바 다 를 생 각 하 - 며　종 이 배 를 접 는 다

접 을 때 마 다 출 렁 이 - 는　파 도 소 리

손 끝 을 물 결 이 물 - 결 - 이　간 지 럽 힌 다

여 러 겹 종 - 이 - 를　종 - 이 를 접 는 다

구 겨 지 고　부 서 지 는　바 다 바 다 바 - 다

철 - 썩 철 - 썩 내 가 슴 에 도　파 도 가 친 다

2020. 4. 조홍익

제4장

가난의 굴레

◁ **[찔레꽃]** 31.0×46.8cm 종이에 연필

2020. 4. 고홍규

가난하다고 해서 왜 모르겠는가?
가난하기 때문에
이것들을
이 모든 것들을
버려야 한다는 것을

– 신경림 시 「가난한 사랑 노래」 부분

17. 가난의 이유

태어날 때 가난한 것은 본인의 잘못이 아니지만, 죽을 때까지 가난한 것은 본인의 잘못이 크다는 말이 있다. 그러나 어릴 적 가난을 부모의 탓으로 돌릴 수 있겠는가?

큰형은 천재라 부를 만했다. 머리가 지나치게 좋아서였을까? 그는 만족이라는 것을 모르는 사람이었다. 끊임없이 더 높은 곳의 뜬구름을 잡고자 했다.

젊었을 때 학교도 제대로 다니지 않았다는데, 어떻게 했는지 수의사 자격증을 땄다.

그걸로 먹고살았다면 어쩌면 순탄한 인생이었을 것이다. 큰형은 그러나 무슨 사업을 한답시고 어머니께서 피땀 흘려 마련한 집을 빚보증으로 저당 잡혀 한순간에 날려 버렸다.

어머니는 그런 형을 단 한 번도 원망하지 않았다.

나는 어머니의 마음을 안다.

어렸을 때 품 안에서 떠나보내야만 했던 자식. 구구절절한 사연이야 한 편의 소설이 될 수 있을 것이로되, 어머니는 어린 자식을 거두지 못했던 한이 쌓이고 또 쌓여 있었을 터. 그 어머니의 가슴에 새겨진 한을 집 한 채 정도로도 지울 수가 없었을 것이다.

그 후 어머니는 장사로 제법 많은 돈을 벌기도 했다.

그러나 세상에서 가장 든든하게 여기던 사람의 배신으로 또 한 번의 좌절을 맛보게 되고, 그 여파는 오랜 기간 이어진다.

그로 인하여 나는 학창 시절을 정말로 가난하게 보낼 수밖에 없었다. 생각해 보면 나로서는 고등학교를 졸업할 수 있었던 것만도 다행이었다. 당연히 직업전선에 뛰어들어야 했으나, 앞에 언급했듯이 어찌어찌하여 교대에 진학했다. 그리고 대학 등록금은 모두 빚으로 남을 수밖에 없었다. 그렇게 나는 가난 속에서 살았다.

큰형은 한때 사장님 소리를 들을 만큼 돈을 벌기도 했었다. 하지만 그는 앞에서 말했다시피 쉬지 않고 더 높은 뜬구름을 잡으려 했다. 그러나 세상이 어디 그렇게 녹록한 곳이던가? 그의 말년은 동생인 내가 볼 때 안쓰럽기까지 했다.

나는 큰형을 낭비되어 버린 천재라고 부른다.

비아냥거리는 것이 아니다. 그렇다고 칭찬도 아니다.

[귀가] 26.6×20.2cm 종이에 연필 ▷

2019. 3. 22

장마

형이 왔다
풍을 맞아 반쯤 굳어진 혀로 자신의 고달픈 삶을 이야기한다
어머니를 가난의 구렁텅이에 빠뜨린 자
내의가 등에 감겨 끈적거린다
몇 번이나 들었던 과거의 일들을 한껏 처량한 표정으로 말할 때
아내와 자식을 버리고도 태연한 그 뻔뻔스러움을 나는 비웃고 있었다
바짝 마른 팔뚝엔 검버섯이 피어 있다
묵묵히 푸념이 끝날 때를 기다렸다가 이제는 더 드릴 돈이 없다고
본론을 꺼내기 전에 미리 못을 박았다
형은 불편한 다리를 끌면서 그냥 돌아갔다
곧, 비가 쏟아질 것 같다

이태원에서

김홍균 작사 작곡

자 이제 우리의 이별을준비하자

가 슴 이렇듯 떨려오는 - 데

세 상에 - 영원한것은없고 이별의 - 생채기속에서도

추억은 - 진주처럼 아름다-울지니

지는날을 - 기약하며 피는꽃-처-럼 그렇

게 우리의 사-랑을시작하자

18. 가난의 터널

돈이란 것은 없으면 참 불편하다. 그럼에도 불구하고 없으면 쓰지 않으면 그만이다. 하고 싶은 것들을 하지 않으면 된다. 다행히 먹고살 수만 있다면.

먹고살 수는 있었다.

세를 들어 구멍가게를 운영하는 어머니는 적어도 집에 쌀이 떨어지게 하지는 않았다.

나는 혼자 있는 것을 좋아했다. 그 팔팔한 중·고등학교 시절에 나는 단 한 명의 친구 집에도 가 본 적 없이 그저 학교와 집만을 왔다 갔다 했다. 이러한 나의 성격은 가난한 환경을 견뎌 내는 데 도움이 되었을 것이다. 집 밖에 나가지를 않으니 자연히 돈 쓸 일도 없는 것이다.

초등학교 1학년 때 캐스터네츠를 살 수가 없어서 같은 반 사촌이 연주하던 것을 멍하게 바라보던 기억이 아직도 생생하다. 미술 시간에 물감이나 붓은 친구들 것을 빌려 썼다. 참고서 한 권 사지 않고 친구들 것을 빌려 보았다. 꿈에 떡 얻어먹듯 친지 어른들에게 용돈을 받아 본 적은 있지만, 어머니께 돈을 타는 것은 육성회비 등 학교에 내야 하는 돈이 전부였다.

그렇게 나는 돈을 쓰지 않고(?) 학교에 다녔다.

일종의 트라우마였을까? 나는 교사가 되어서도 아이들에게 돈이 드는 학습 준비물을 사 오라는 말을 차마 하지 못하곤 했다.

대학에 들어가서는 여기저기 가정교사를 해서 가난한 살림에 작은 힘을 보탰다. 그러나 내가 여유롭게 쓸 정도의 돈이 없기는 마찬가지였다. 학기마다 내야 하는 등록금은 고스란히 빚으로 쌓여 갔다. 그나마 빚이라도 낼 수 있었던 것은 어머니의 신용 덕분이었다.

남학생들과는 그런대로 어울렸으나 여학생 쪽은 쳐다보지도 않았다. 어떤 여학생하고도 소위 데이트라는 것을 해 본 적이 없었다. 1970년대 당시 우리 세대 젊은이들은 주로 빵집에서 데이트를 했는데, 빵값을 낼 돈이 없는 나로서는 여학생과의 개인적인 만남은 생각조차 할 수가 없었다.

1년을 그렇게 살았더니 친구 놈들이 여자 한번 사귀어 보라고 부추겼다. 그리고 한 여학생과의 만남을 주선하려 했었는데, 친구들의 어설픈 계획이 들통나서 그 여학생과 나만 서로 민망한 처지가 되고 말았다. 나이가 들어 대학 시절 같은 반 동기들이 만날 때면 그 사건은 이야기의 단골 메뉴가 되곤 했다. 한번은 그 사건의 주인공이, 대학 시절에 왜 그렇게 여학생들하고 말 한마디 섞지 않고 조용히 지냈느냐고 묻길래 간단히 대답했다.

"돈이 없어서."

[새벽] 37.0×48.0cm 목판화

송미영(1963~)

광주교육대학교 졸업, 한국교원대 대학원 졸업, 현 성남신백현초등학교 교사.
초등『미술』교과서(검인정, 교학사 5~6학년, 지학사 3~4, 5~6학년) 집필.
대학 후배이며 대학원 동기이다. 성품이 밝고 적극적이며
주관이 뚜렷한 그의 시선은 항상 사회의 낮은 곳을 향하고 있다.

해방촌

해방촌 언덕 위에
낙조가 빠알갛다

사대문 성벽 바깥쪽
남산 기슭에 얹혀 있는
그 옛날 달동네

언덕은 높아
바람 더욱 차갑고
인도도 없는 비탈진 찻길 가에
울타리 없는 집들이
서로의 몸을 비비며
빠듯하게 서 있다

그 빌어먹을 IMF 이후에
남산 3호 터널 저쪽
남대문 시장의 일거리도 떨어지고
그래서 떠나가는
네가 차라리 부럽단다

저 아래
이곳을 해방촌이라 이름 지어 준
용산 미군 기지도
멀리 옮겨 간다는데
그 후 겨울은 얼마나 더 추울까?

서울특별시 해방촌 언덕배기
다닥다닥 붙은 그 지붕 위에
홍시처럼 빠알가니
낙조가 걸려 있다

남산위에 뜬 달

조성심 시 김홍균 작곡

달 달 무 슨 달 쟁 반 같 이 둥 근 달

어 디 어 디 떴 나 남 산 위 에 떴 지

어 린 날 동 요 를 부 르 며 남 산 길 꽃 터 널 을 걸 어 간 다

보 름 달 이 덩 달 아 따 라 온 - - 다 -

휘 영 청 달 빛 에 - 농 익 은 꽃 향 기 -

소 쩍 새 도 달 빛 에 취 해 피 울 음 운 다 -

달 의 - 정 - - 기 내 안 에 들 - 어 와

스 러 진 청 춘 이 살 아 난 - - 다 -

달 달 - 무 슨 달 쟁 반 같 이 둥 근 달

어 디 어 디 떴 - - 나 남 산 위 에 떴 - - 지

19. 능선을 넘어

한 걸음 또 한 걸음 걷다 보면 언젠가 언덕은 넘어서게 마련이다. 다만 시간이 문제일 뿐. 그리고 능선 위에서 뒤돌아보면 힘들게 걷던 그 과정이 바로 행복이었다.

아내와 결혼했을 때 우리가 가진 돈은 0원이었다. 아니, 정확히 말하자면 마이너스 200만 원이었다. 1979년 광주에 전세방을 얻어 신혼 생활을 시작했다. 방값은 200만 원이었고 아내와 내가 절반씩 부담했는데 둘 다 빚을 내어 전세금을 마련했다.

발령을 받고 결혼하기까지 2년 9개월 동안 나는 내 봉급을 전부 셋째 형에게 가져다주었다. 미흡하나마 나의 대학 입학금을 내준 형에 대한 고마움의 표시였다. 그러니 결혼 자금이 있을 리 만무했다.

처가 역시 넉넉한 집안은 아니어서 아내 혼자 벌어 가정을 건사하고 있었다. 그러면서도 장롱이며 세탁기 그리고 가장 아끼는 피아노와, 심지어 내가 준비했어야 할 결혼 패물까지 모든 혼수는 아내가 장만했다.

빚을 갚고 돈을 모으기 위한 우리의 방법은 간단했다. 절약 그리고 저축.

아내는 나의 박봉에서 저축을 먼저 하고 남은 돈을 쪼개어 썼다. 지출을 줄이고 줄여 궁핍할 지경이었다. 그 궁핍함을 오랜 세월 견뎌야만 했다. 나와 아내에게 그 세월은 어렸을 때부터 이어져 온 기나긴 가난의 터널이었다. 언젠가 반드시 넘어야 할 힘겨운 능선이었다.

결혼 초 아내는 도시에서 피아노 레슨을 해서 돈을 벌었다.

나중에 나와 살림을 합쳐 시골에 살 때는 농사일을 참 열심히 했다. 거의 농사꾼 수준이었다. 여러 가지 채소를 직접 가꾸어 반찬값을 아꼈다.

섬에서 근무할 때는 섬 아낙네들과 똑같이 일했다. 역시 반찬거리는 모두 자급자족했다. 바닷가에서 굴을 따고 게를 잡아 반찬을 만들었다.

서울로 발령을 받아 왔을 때 아내는 자잘한 부업부터 시작해서 피아노 레슨과 가정교사 일까지, 할 수 있는 일은 다 했다. 나 역시 두 곳의 출판사에서 발행하는 문제집의 원고를 써서 돈을 보탰다. 동료들과 어울려도 술값 지출은 거의 하지 않았다. 아니 할 수가 없었다.

서울에 온 지 7년 만에 분당의 공무원아파트에 당첨되어 입주할 때까지, 우리는 1억이라는 돈을 모았다. 순전히 절약과 저축만으로.

1994년 말 우리가 입주한 분당의 27평짜리 공무원아파트 분양가는 5,950만 원이었다.

[꽃] 19.4×11.8cm 한지 그림

조경숙(1952~)

이 글의 주인공.
가난한 나에게 시집 온 죄로 평생 동안 일을 손에서 놓지 못하고 산다.

손수건

등산복을 입는데 아내가 목에 두르라고 손수건을 내민다
날이 더워 싫다고 했으나, 땀받이로 사용하란다
어차피 옷이 모두 땀에 젖을 터인데 굳이 땀받이를 할 이유가 무엇인가?
아내에게 이 질문을 던지지 못한 이유는
되돌아올 잔소리가 싫어서이다
짜증 섞인 표정이 싫어서이다
손수건을 목에 두르는데 화가 치민다
어째서 나는
손수건 한 장 두르고 말고 하는 것조차 마음대로 할 수 없는 것일까?
그까짓 게 무슨 죽고 사는 일이라고
하자는 대로 해 주면 그만 아닌가 하다가
이런 것조차 마음대로 할 수 없다면
그렇다면 내가 할 수 있는 일은 도대체 무엇인가 하다가
싫다는 말 한마디를 내뱉지 못하는 이게
얼마나 못난 내 모습인가 하다가
손수건 한 장에 화를 내는 것은 또
얼마나 더 못난 모습인가 하다가
이러지도 저러지도 못하는 마음을
지는 것이 이기는 것이라는 속담으로 감출 수 있겠다 싶어
그래, 차라리
나도 손수건을 목에 두르고 싶다고 생각해 버리자고
손수건만 한 마음을
짐짓 아량이란 무늬로 포장하는 데
참, 그렇게 한참이 걸렸다

다듬이질

김홍균 작사 작곡

땅 땅 땅 땅　　　　따당 따당 따당 따당

옷 감주름을 편 다　마 음주름을 편 다　혼 자 라도 좋 다　마 주 앉으면 -

더 욱 좋 다 -　　　　세 상 사　　힘 들 어

인 간 사 고 달 파　　풀 먹 여 두드리면 윤 기 나 는 옷감처 럼

다 듬 이 질 골백번에　인 생 살 이 풀 릴 거 나 인 생 살 이 - 풀 릴 거 나 -

따당 따당 따당 따당　땅 땅 땅 땅　　　　따당

20. 서울 사람

서울 사람들은 눈을 감고 있으면 코를 베어 간다는 말이 있다. 아니 눈을 뜨고 있어도 코를 베어 간다고 했던가? 주연이 어머니도 서울 사람이었다.

"아줌마. 이달 전기세 아직 안 나왔어요?" 아내의 질문에 주인아주머니는 말끝을 흐린다.
"으응. 그게 진작 나왔는데…" 반지하에 세 들어 사는 우리가 안쓰러워 공과금 내놓으라는 소리를 차마 하지 못하고 차일피일 미루고 있었단다.

주연이 어머니.
서울에 이사 와서 맨 처음 세를 얻어 살았던 집의 주인아주머니. 강남의 논현동 널찍한 단독주택에 사는 부잣집 아주머니. 고생을 모르고 편하게만 자라 세상 물정 모르는 아주머니. 아내가 부업으로 일당 1,000원짜리 구슬 꿰기를 하고 있으면, "선생님 사모님이 이런 일을 다 하느냐?"라며 우리의 고생하는 모습에 가슴 아파하던 아주머니. 휴일에 내가 피아노 반주를 하고 아내가 노래를 부르는 소리가 들리면 자신도 안방에서 그 노래를 따라 부른다는, 심성이 맑은 소녀 같은 아주머니. 마당에 깔린 잔디 위의 낙엽을 아내가 쓸고 있으면 게으른 자신을 부끄러워하며 오히려 눈치를 보던 순진한 아주머니.

얼마 후 주연이 아버지의 사업이 여의치 않자 그 집을 팔게 되었다. 세를 들어 살던 우리도 계약 기간이 끝나게 되어 다른 집을 알아보아야 했다.
주연이 어머니는 우리들이 못내 마음에 걸렸던 모양이다. 자신들이 집을 팔게 되어 세 들어 살던 가난한 사람들이 쫓겨나는 것처럼 여겨졌기 때문이었을까?
매매 계약을 하고 나서 아내를 부르더니 이렇게 말했단다. "경은이 엄마야. 내가 무이자로 1,000만 원을 빌려줄 테니 잠실에 작은 아파트 하나 구해서 이사 가렴."
1990년 당시 잠실 11평 아파트 가격이 3,000만 원 정도였으니 1,000만 원은 거금이었다.
우리는 나름대로 2년 전의 전세금 1,300만 원에다 그동안 저축한 돈을 더하여 반지하 탈출 계획을 세우고 있었으므로, 약간 무리를 하면 잠실에 집 한 채를 장만할 수도 있었다.
그러나 우리는 그분의 호의를 완곡히 거절하고 2층 전셋집을 얻어 이사했다.

아내는 지금도 주연이 어머니를 그리워한다.
그 후로는 소식을 모르는 그 서울 사람을 꼭 한번 다시 만나고 싶어 한다.

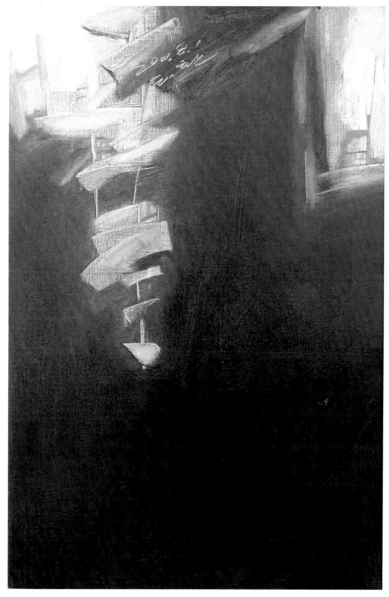

[기억] 60.0×40.0cm 캔버스에 유채

문산(文山) 박태환(1954~)

마산교육대학 졸업, 한국교원대 대학원 졸업.
전 충주국원초등학교 교장.
대학원 동기이다. 온화한 성품으로 모든 사람에게 겸손하고 친절하며
작품에서도 따뜻한 기운이 묻어난다.

어떤 여자

TV에서 보았는데

　멀쩡하게 생긴 어떤 여자가 길 잃어 행방불명이 된 정박아 남편을 찾으러
다니더라 남편을 찾는다는 전단을 들고 내리는 비 맞으며 무심한 세상의
한 귀퉁이를 붙잡고 애원하더라 동정심이 아니고 크나큰 인류애도 아니며
한 남자로서의 남편을 사랑한다면서
　울더라

— 미안해 여보 꼭 찾을 수 있을 거야 우린 꼭 다시 만날 거라고 믿어

참
그 어처구니없는 사랑을 나는 못 해도
살다 보니 그런 사람도 있어서
세상은
슬프도록 아름답더라

첫 눈 내리는 날

김홍균 작사 작곡

첫 눈 이 - 내 리 는 날 그 대 - 생 - 각 나 첫 눈

을 - 맞 - 으 며 혼 자 걷 는 이 거 리 에 하 얀 눈

은 하 얗 게 하 얗 게 내 리 는 데 같 이 걷 던 그 사 람 그 모 습 간 곳 없 고 다 정

했 던 추 억 들 만 시 린 가 슴 에 남 아 눈 꽃

처 럼 반 짝 이 는 사 - 랑 - 이 되 어 그 리

움 - 송 이 송 이 흰 눈 되 어 내 리 는 날

21. 가난 속에 크는 아이들

자식에게는 절대로 가난을 물려주지 않겠다고 다짐했던 아내. 그러나 가난을 벗어나기 위한 길은 그 자식들과 함께 걸어가야만 했다.

토요일. 오전 근무를 끝내고 집에 왔다.

아내도 아이들도 보이지 않는다. 오늘도 아내는 아이들을 데리고 가락동 농수산물 시장에 갔을 것이다. 토요일 오후 파장 무렵에는 농산물의 가격이 싸단다. 그 싼 물건들을 사기 위해 학교에서 돌아온 아이들을 시내버스에 태우고 논현동에서 가락동까지 가서 일주일 동안 먹을 채소 등을 사 온다. 아이들의 고사리손으로 물건을 나누어 드는 것이 도움이 되기 때문일까 아니면 아직은 어린 아이들을 집에 두고 오랜 시간 집을 비우는 것이 불안했기 때문일까?

절약은 아내의 절대적 가치였다.

한 푼이라도 아낄 수 있다면 그에 따른 불편함은 당연히 감수한다. 새집에 이사를 가면 전력 소비를 줄이기 위해 거실이나 안방 천장에 달린 전등 덮개를 벗겨 내고, 그 안에 들어 있는 작은 전구들의 개수를 줄이는 일을 가장 먼저 했다. 식구가 거실에 모이면 다른 방의 불은 반드시 꺼져 있어야 했다. 물을 아끼기 위해 손빨래를 했으며 세탁기는 탈수만을 위한 도구였다. 에어컨은 그야말로 장식품이어서, 손님이 왔을 때 외에는 아무리 더운 날에도 사용해 본 적이 거의 없었다. 겨울에 실내외의 온도 차가 심하면, 건강에 해롭다는 이유를 대면서 보일러를 최소한으로 가동하고 반드시 내복을 입고 생활했다. 아파트 관리비가 다른 집의 절반도 안 나왔다. 택시를 타 본 적이 있었을까 싶다.

아이들은 부모의 그러한 절약 생활에 잘 적응해 주었다. 아니, 적응할 수밖에 없었겠지.

'그래도 나의 어린 시절보다는 좀 더 여유 있는 것이 아닐까? 이 정도의 절약 생활은 아이들의 바람직한 성장에 도움이 되지 않을까?'

교육상 좋지 않다는 이유로 아내가 엄격히 금지해서 그 흔한 오락실 출입조차 전혀 하지 못하는 아이들을 보면서, 나는 안쓰러운 마음을 애써 감추어야만 했다.

아내라고 해서 왜 그런 마음이 없었겠는가?

가락동 농수산물 시장의 땡볕 아래 서서 엄마의 장보기가 끝나기를 기다리는 아이들에게, 그동안 꾸준히 모으고 있는 저금통장을 보여 주며 이렇게 말했단다.

"이 통장의 돈을 보렴. 참 많은 돈을 모았지? 우리는 결코 가난한 게 아니란다."

[가족 사랑]

35.0×30.0×100.0cm 브론즈

이창림(1948~)

서울대학교 미술대학 조소과 졸업,
서울대학교 대학원 조소과 졸업.
한국교원대학교 명예교수.
한국미술교육학회 초대, 5대 회장.
개인전 9회, 그룹전 다수.
충북미술대전 초대작가, 중원조각회 고문.
현대조각초대전 운영위원장.
한국카톨릭미술상 본상, 충청북도예술상,
대한민국 예술인의 날 특별상, 청주시민대상.
대학원 재학 당시 학과장님이셨다.
한국미술교육학회를 창립하셨고
현재 창작 활동에 전념하고 계신다.

파

세상이 매워
눈물이 난다, 파를 다듬으면

가락동 농수산물 시장에서
파장 무렵 값싸게 사 온 파
흙 묻은 껍질 벗겨 내며
가난한 마음도 함께 벗겨 보는데

네 식구 발 뻗을
작은 집이 그려진 돈 부스러기들은
어디에들 숨어 있을까?

아직은 저만치에 있는
파의 속살처럼 매끈한 삶
우리는
호주머니 속의 동전을
땀 젖은 손으로 움켜쥔 채
발품을 팔며 하루를 걷는다

가락동 농수산물 시장까지의
고달픈 왕복만큼 가까워졌을 것 같은
희망, 그 희망을 믿기에
눈물 흘리며 다듬는
파

혼자 노는 날

김홍균 작사 작곡

시끄럽던 또래들은　어 - 디들 숨어있나
외갓집간 엄 - 마는　언제언제 오 - 시나

방아깨비 잡 - 아서　뒷다리를 붙 - 잡고
강아지풀 뽑 - 아서　손바닥에 올려놓고

콩 - 콩 - 　방아찧고　방아찧고 놀다 가
요요요요　간질이며　간질이며 놀다 가

22. 40대—깔딱고개

고지를 코앞에 둔 산비탈은 얼마나 가파른가? 숨이 넘어갈 듯하다고 깔딱고개라고 부르지 않는가? 그 고갯마루에 올라섰을 때 온몸을 휘감는 바람— 그 시원함!

새벽 2시. 아니 새벽 1시거나 혹은 3시여도 상관없다.

나는 두 곳 출판사 문제집의 원고를 쓰고 있다. 원고료를 내 봉급만큼 받으려면 그만큼 많은 분량의 원고를 써야만 한다. 그 많은 원고를 맡길 만큼 출판사에서는 나를 믿는다.

식구들이 잠들어 있는 방 한쪽에서 밥상을 펴 놓고 원고를 쓰는 가슴 위로 한 줄기 끈적끈적한 땀이 흐른다. 다행히 새벽까지 원고를 완성할 수 있었다.

이제 새벽 기차를 타고 청주 교원대학교 대학원에 입학시험을 보러 가야 한다.

원고 때문에 매일 날을 새는 것은 아니다. 이런저런 일들이 겹치다 보면 원고가 밀리게 되고, 그러다 마감일이 가까워지면 밤샘을 할 수밖에 없는 상황이 벌어지는 것이다. 이번엔 원고 마감일과 대학원 시험일이 겹쳐 버렸다.

집에서 일찍 출발해서인지 수험장에 들어서니 아무도 없다. 지정된 자리에 앉자 졸음이 밀려와 그대로 한숨 잤는데 옆 수험생이 깨워 주었다.

교원대 대학원에는 합격했다.

섬마을 평교사를 꿈꾸었던 나는 언제부터인지 승진에 뜻을 두었다. 아마도 평생을 섬에서 근무할 수 없게 된 현실 때문이 아니었을까?

또한 학교 교육과 관련된 일을 그야말로 닥치는 대로 열심히 하다 보니 승진에 필요한 점수들이 저절로 따라온 것도 또 하나의 이유가 되었을 것 같다. 되돌아보면 나는 승진에 필요한 점수들을 한창 젊은 나이에도 아주 많이 확보하고 있었다.

어느 직장인들 승진이 쉽겠는가?

교직 또한 마찬가지다. 개인별로 확보해야 할 점수가 다양한 분야에서 다양한 등급으로 나누어져 있다. 연구점수, 연수점수, 부장점수 등등 모두가 교사로서 열심히 노력하는 대가로 주어지는 점수들이다. 그 점수들을 확보하는 것은 결코 쉬운 일이 아니다. 오랜 기간에 걸쳐 필요한 점수를 쌓아 가야 한다. 그 기간은 사람에 따라 짧으면 수 년이 걸릴 수도 있고 길게는 10년이 넘게 걸리기도 한다. 그렇게 승진을 꿈꾸는 사람들끼리 상대적 우위를 확보하려는 경쟁이 참으로 치열하다.

그뿐만이 아니다.

학교장의 근무평정은 승진에 절대적인 영향력을 행사한다.

1,000분의 1점이 교감 승진의 당락을 결정하므로 근무평정 2등은 아무런 의미가 없다.

그런 만큼 반드시 근무평정 1등을 받아야 하는 승진 예정자들은, 누구나 인정할 정도로 열심히 근무한다.

그러한 모습은 '머슴살이'에 비유하면 적절할 것이다.

학교의 입장에서도 어려운 일들을 믿고 맡길 수 있는 '머슴'이 필요하다. 그래서 학교마다 필요한 교사를 뽑아 오는 제도가 있는데, 학교 일 열심히 한다고 인정을 받던 나 역시 '머슴'에 뽑혔다. 머슴들에게 출퇴근 시간은 따로 없다. 교장이나 교감이 굳이 말하지 않아도 일감이 있으면 그 일이 끝날 때까지 학교에 남는다.

그렇게 노력해서 교감 승진 대상자가 되는 교사들은 한결같은 인사말을 듣는다.

"그동안 정말 수고 많으셨습니다!"

그 험한 길을 마다하고 평교사로서 교사의 꿈을 펼치는 사람도 많다. 선택은 각자의 몫이다.

부업으로 돈을 벌면서 승진의 길을 걸어야 했던 나의 40대— 내 인생의 깔딱고개였다.

교감으로 승진했을 때 내 나이는 만 50세였다.

[도시에서의 사유 1] 97.0×145.0cm 캔버스에 유채

김민곤(1955~)

마산교대, 서울교대 졸업, 한국교원대 대학원 졸업,
미국 뉴욕주 롱아일랜드대학 졸업, 개인전 3회, 단체전 다수.
이 글에 나오는, 대학원 시험 볼 때 나를 깨워 준 동기로서
대학원 재학 3년 내내 기숙사 한방에서 생활했다.
미국 유학 후 자신만의 예술 세계를 꾸준히 추구하고 있다.

추억

추억은 언제나 아름답다
그 타오르던 젊음과
그 고달픔의 기억마저도
추억이기에 아름답다

가 버린 것은 모두가 아름답다
그 절절했던 이상과
그 가슴 아린 사랑과, 미움과, 좌절까지도
가 버린 세월 속에 녹아들어
추억으로 아름답다

어느덧
시들어 가는 나이 앞에서도
추억은 언제나
싱싱하게 아름답다

나무와 작은 새

김홍균 작사 작곡

거 치른 들판에 큰 나 무 하 나

큰 나 무 한 그 루 우 뚝 서 있 네

길 잃은 작 은 새 홀 로 날 아 와

지 친 날 개 접 고 서 편 히 쉬 어 라

더 운 햇 살 내 리 쬐 어 도 거 친 비 바람 이 불 어 도

나 무 와 작 은 새 는 서 로 가 행 복 하 여 라

큰 나 무 속 에 서 작 은 새 하 나

행 복 의 노 래 를 부 를 수 있 네

23. 재테크

참깨가 백 바퀴 구르는 것보다 호박이 한 바퀴 구르는 것이 더 낫다는 말이 있다. 이른바 재테크도 이에 해당되는 말이 될 수 있을 듯.

갑자기 집이 두 채가 되어 버렸다.

난생처음 마련한 분당의 아파트를 팔고 잠실에 아파트를 사서 세를 놓았다. 그러고 우리 가족은 분당에서 세를 살고 있었는데, 이사하기가 불편해서 다시 잠실의 아파트를 팔고 분당에 같은 가격의 아파트를 사기로 했다. 그래서 분당에 새 아파트를 계약했는데, 잠실의 아파트가 얼른 팔리지 않아 우리 집은 두 채가 되었고 아내의 고민도 시작되었다.

새로 계약한 집의 잔금을 치러야 할 날이 되어도 저쪽 집이 팔리지 않자, 별수 없이 은행에서 6천만 원의 융자를 받았다. 그리고 이자를 물어야만 했다! 휴지 한 장 허투루 쓰지 않고 동전 한 닢도 아껴 가며 사는데, 전혀 예상하지 못했던 돈을 한 달에 수십만 원씩 이자로 내야 하다니… 아내로서는 결코 받아들일 수 없는 상황이었을 것이다.

"저쪽 집이 곧 팔리겠지. 너무 걱정하지 말자." 하고 짐짓 대범한 척 아내를 위로해 보았으나 집은 팔릴 기미가 보이지 않았고, 아내의 얼굴은 바짝바짝 말라 갔다.

얼마나 속이 탔는지 어느 날 아내는 점을 보러 용하다는 스님을 찾아갔다. 아내의 생년월일과 태어난 시를 보더니 스님은 이렇게 말했단다.

"아주머니는 집 때문에 오셨네. 집은 곧 팔릴 테니 걱정하지 말고 돌아가시오. 그리고 아주머니 사주는 부동산 하고 잘 맞으니 집을 사고팔 때마다 이익이 남을 것이오."

묻기도 전에 이런 말을 들었다며 아내는 적이 위로를 얻은 듯 얼굴이 한결 밝아져 있었다.

거짓말처럼 집값이 오르기 시작했고 저쪽 집도 사자는 사람이 많아졌다. 아내는 팔겠다고 내놓은 집을 거두어들였다. 자고 나면 집값이 오르는데 서둘러 팔아야 할 이유가 없는 것이다. 갑자기 은행 이자가 푼돈처럼 여겨졌다. 집이 한 채라면 집값이 오르고 내리는 것이 무슨 상관이 있겠는가만, 얼떨결에 집을 두 채 보유하게 된 우리로서는 집값이 오른 만큼 돈을 버는 것이다. 그렇게 아내는 부동산에 눈을 떴다. 그리고 집값이 많이 오른 다음에 한쪽 집을 팔아 꽤 많은 차익을 남겼다.

그렇게 해서 번 돈은 내가 수십 년 받은 봉급보다 훨씬 더 많았다. 그래 봤자 부자 소리 들을 만큼 큰돈을 번 것은 아니지만, 돈을 많이 벌어 기쁜 가운데 씁쓸한 생각도 들었다.

아내는 부동산 투기를 한 것일까? 그냥 얼떨결에 시작한 재테크라고 하자.

터산(攄山) 오창성(1949~)

안동교육대학 졸업, 한국교원대 대학원 졸업, 전 마산중앙초등학교 교장.
한국미술교육학회 부회장 역임, 현 오방사유운동본부장.
황조근정훈장, 마산시문화상 수상, 개인전 10회, 단체전 다수.
대학원 동기이다. 스스로 오방사유의 사상 체계를 확립하고
이를 국민운동으로 전개해 나가고 있다.

[바하마 주변 스케치] 15.0×42.0cm 종이에 붓

바닷가 겐불에얼다
삼양서 맛비나
2018. 1. 23

펜션 바하마

바다와 하늘이 마주하는 곳
펜션 바하마
제주도 조천 바닷가에 숨어 있는
나이 든 아내의 땀방울이
밟히는 구석마다 배어 있는 집
파도에 얼굴 맑게 씻은 수국이
정자 옆 뜰 안 가득 탐스러울 때
햇살에 밝게 웃는 한라산 진달래
연분홍빛은 또 얼마나 고울까?

조함해안도로가 시작되는 곳
펜션 바하마
고깃배 한가로운 수평선에
눈부신 노을이 지면
아내의 바쁜 손길 속에
하루해 또 저물어
나그네 지친 발길 불러들이는
달덩이 같은 둥근 등이
나지막한 돌담 위로 불을 밝힌다

그늘이라는 말

허형만 시 김홍균 작곡

그 늘 - 이 라 는 말 참 - 들 기 좋 다

그 깊 고 아 늑 함 속 에 들 은 귀 천 - 년 - 내 려 놓 고

푸 른 - 바 람 으 로 나 그 대 위 해 머 물 고 싶 은

그 늘 - 이 라 는 말 참 - 들 기 좋 다

2020.6. 王秉正

제5장
관리자의 길

◁ **[장미]** 31.0×46.8cm 종이에 연필

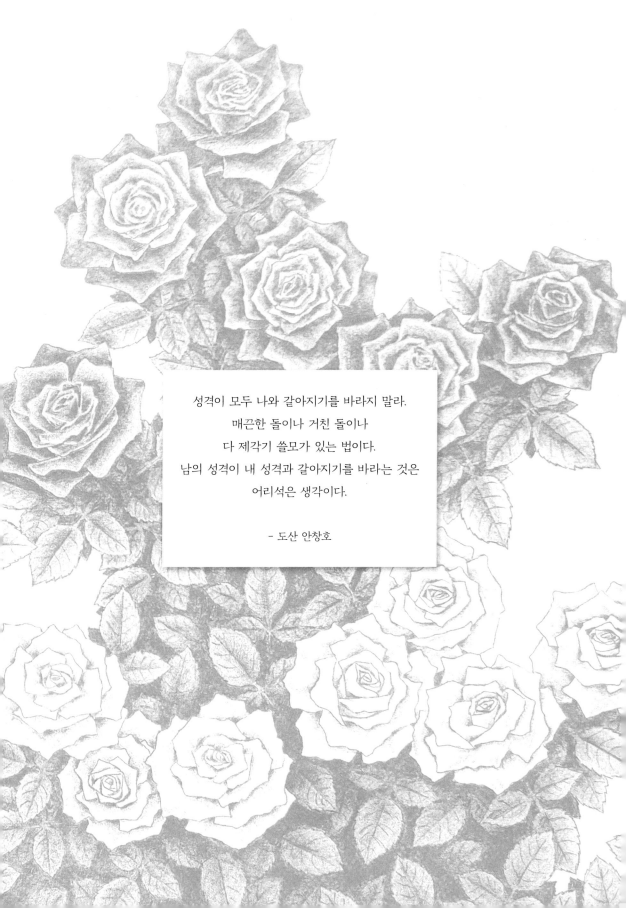

성격이 모두 나와 같아지기를 바라지 말라.
매끈한 돌이나 거친 돌이나
다 제각기 쓸모가 있는 법이다.
남의 성격이 내 성격과 같아지기를 바라는 것은
어리석은 생각이다.

– 도산 안창호

24. 리더의 모습

어떤 사건이 터졌을 때 공무원은 본능적으로 자신의 안위부터 생각하게 된다. 불리한 일이 생겼을 때 책임을 회피하려는 모습은 차라리 자연스럽다 할 것이다.

"이 일은 반드시 교감의 책임을 물어야 합니다." 감사 팀은 집요했다.

내가 교감으로서 두 번째로 발령받은 학교에는 축구부가 있었다. 운동부를 관리해 본 경험이 없는 나는 행정실장에게 축구부를 어떻게 관리하느냐고 물었다.

"교감 선생님. 아무 걱정도 마십시오. 우리 학교 축구부는 학교와는 전혀 무관하게 학부형들 스스로 관리 운영하고 있습니다." 행정실장은 자신 있게 대답했다.

사실이라면 한 시름 더는 것이다. 운동부가 있는 학교는 이런저런 시끄러운 일들이 일어날 수 있어 신경이 많이 쓰인다. 교장 선생님께도 한 번 더 여쭈어보았으나 똑같은 대답이 돌아왔다. 나는 내 머릿속에서 축구부 관리에 대한 생각을 지워 버렸다.

6개월 후 김탁영 교장 선생님께서 새로 부임해 오셨다.

"교감 선생. 우리 학교 축구부는 어떻게 관리하고 있습니까?"

"교장 선생님. 아무 걱정도 마십시오. 우리 학교 축구부는 학교와는 전혀 무관하게 학부형들 스스로 관리 운영하고 있답니다." 교장 선생님의 질문에 나 또한 자신 있게 대답했다.

그 후 나는 교장강습을 받게 되었다. 올해 강습을 받으면 내년에는 교장으로 승진 발령을 받을 것이다. 그런데 학교가 정기 감사를 받게 되어 교육청 감사 팀이 들어왔다. 그들은 운동부는 당연히 학교에서 관리해야 한다며, 학부형이 운영하는 것은 커다란 잘못이라고 지적하였다. 그리고 그 책임은 교감이 져야 한다는 것이다. 만약 그렇다면 나는 징계를 받을 것이었고 그러한 흠결은 교장 승진 발령에 치명타가 될 수밖에 없었다.

"우리 교감 선생님은 지금 교장강습 중이므로 학교에 없습니다. 최고 관리자인 내가 모든 책임을 지겠으니 교감 선생님을 다시는 거론하지 마십시오."

교장 선생님의 말씀은 단호했고, 집요하게 교감 책임론을 주장하던 감사 팀은 책임에 대한 결론을 미룬 채 교육청으로 돌아갔다. 그러자 교장 선생님께서는 교육청까지 찾아가서 교감의 징계는 받아들일 수 없다고 강하게 주장하셨고, 결국 당신 혼자서 경고에 해당하는 징계를 받았다.

그렇게 김탁영 교장 선생님께서는 관리자로서 부하 직원의 잘못을 자신이 껴안으신 것이다.

나도 그런 교장이 되고 싶었다.

[한낮] 72.7×60.4cm 캔버스에 유채

깊은 강 1

시냇물 재잘거리며 꿈을 노래했다
바위 사이 내달리며 힘을 길렀다
폭포수 그 우렁찬 포효 속에
세상은 발아래에 있었는데, 어느 순간

조용히 머무른 저수지에서
기다리는 인내를 배우고
일손들 분주한 농수로를 지나며
땀 흘리는 노력을 배우고
저만치 멀리 모래톱 감아 돌며
비켜서는 겸손을 배워, 그리하여

마침내
세상만사 아우르며
침묵의 힘으로 흐르는
깊은 강

정년퇴임가1

배근호 작사 김홍균 작곡

온 - 정 성 다 하 여 살 - 아 온 지 난 날 오 늘
눈 - 비 를 이 기 고 가 - 꿔 온 새 싹 들 에 튼 튼
홍 - 안 의 젊 음 이 주 - 름 진 얼 굴 엔 형 설

은 - 보 람 이 룬 어 영 광 의 퇴 임 날 은 사
한 - 기 둥 되 어 온 누 리 피 - 리 은 은 사
의 - 쌓 - 인 공 서 렸 - 습 니 다 은 사

님 - 사 모 - 님 부 디 평 안 하 소 서 참 사
님 - 사 모 - 님 부 디 평 안 하 소 서 새 로
님 - 사 모 - 님 부 디 평 안 하 소 서 어 생

랑 - 은 혜 - 에 감 사 - 합 - 니 다
운 - 앞 길 - 을 축 하 - 합 - 니 다
의 - 건 강 - 을 축 원 - 합 - 니 다

25. 교사의 능력, 교감의 능력

교사는 배울 만큼 배운 지성인이다. 교사는 자신이 해야 할 일을 아는 사람들이다. 그리고 교사는 맡은 일을 해낼 수 있는 능력이 있는 사람들이다.

교감 선생님이 녹색어머니회 담당 교사가 만든 안내장을 들고 결재를 받으러 왔다. 내용을 훑어보니 이상한 점이 없어서, "수고하셨습니다." 하고 결재를 해 주었다. 교감 선생님은 다시 "… 그런데 안내장 디자인은 맘에 드세요?" 하고 조심스레 묻는다. 아닌 게 아니라 안내장을 대충 만든 티가 역력하다. "내 맘에 들려면 내가 다 만들어야겠지요. 가서서 담당 선생님께 안내장을 나름대로 예쁘게 만들어 내보내라고 말씀하세요."

교장이 선생님들의 맡은 일에 일일이 간섭하기 시작하면 한도 끝도 없다. 그리고 간섭이 심해질 경우 교장의 생각을 알 수 없는 교사들은 교장의 최종 결정이 내려지기 전까지는 맡은 일에 대해 적극적인 행동을 하지 않는다. 나는 선생님들을 믿었다.

학교 일 하기 싫어하는 교사들은 교장이 아무리 닦달을 해도 하는 시늉만 낼 뿐이다. 반면 성실한 교사들은 믿고 맡길 때 훨씬 더 적극적으로 일한다. 수십 년 교직 생활을 해 오면서 수없이 보았던 모습들이다.

내가 교장으로 부임한 서울개포초등학교 선생님들은 정말로 훌륭한 교사들이었다.

별다른 지시가 없어도 스스로 성실하게 일하는 교사들이 참 많았다. 퇴근하고 저녁을 먹은 후 다시 학교로 와 일을 하는 선생님들도 있었다. 토요일이나 일요일도 마찬가지였다. 집이 가깝다고는 하나, 교육에 대한 열정과 학교에 대한 애정이 없으면 있을 수 없는 일이다.

그런 선생님들과 함께 근무하게 된 것은 교장으로서 커다란 행운이었다.

열정적으로 일을 하다 보면 실수가 유발될 수도 있는데, 나는 교사들의 업무상 실수에 대해서 단 한 번도 질책한 적이 없었다. 실수는 누구나 할 수 있는 것이며, 그리고 그것은 고치면 되는 것이다. 사실 실수라 여길 만한 일들도 별로 없었다.

조정숙 교감 선생님은 영민하였다.

교육 이론을 깊이 체득하여 "토의·토론 학습에 관한 한 서울 교육계의 제1인자"라는 평을 듣는 그는 업무 처리 능력도 탁월하여, 학교의 일을 빈틈없이 처리하였다. 그의 능력을 아는 교육청에서는 틈만 있으면 불러내어 일을 맡겼다. 하도 자주 불려 가는지라 내 눈치가 보였는지, 퇴근 후에야 교육청에 들르곤 했다. 나는 그런 교감 선생님을 불러 이렇게 말해 주었다. "교육청 일을 잘하는 사람이 학교 일도 잘하는 법입니다. 퇴근 전이라도 마음 놓고 출장을 가십시오."

그러나 그의 가장 큰 장점은 진실하고 겸손하며 친절한 태도였다.

모든 교사들이 그를 따랐다. 교무실이 선생님들로 북적거렸다. 교감과 교사와 공무직의 구분이 없어진 교무실 풍경은 그냥 정다운 사람들의 사랑방이었다. 직원들은 수시로 교무실에 들러 수다를 곁들이며 업무에 대한 의견을 나누었다. 이 얼마나 아름다운 모습인가! 나는 교무 업무에 관한 모든 권한을 교감에게 넘겨주었다.

그런 좋은 선생님들과 교감 선생님이 함께 노력한 결과였을 것이다. 내가 교장으로 근무한 기간 5년 내내 학교 성과급 평가에서 최고 등급인 S등급을 받았다. 이것은 자랑할 만한 일이어서 나는 이렇게 말하곤 했다. "교사들은 개개인 모두가 반짝이는 구슬이다. 그 구슬을 하나로 잘 꿰어 내어 보배로 만든 것이 바로 교감의 능력이다."

그 능력과 열정에 감동한 나는 교육청에 표창을 상신했던 바, 가장 높은 등급인 대통령상을 받게 되었다. 그의 공적 사항을 살펴보건대 이는 당연한 결과였다.

'이런 멋진 교감 선생님이 어쩌다 내가 근무하는 학교로 오게 되었을까?'

전임지에서도 교육청 일을 많이 도와서 학교를 옮길 때면 교육청의 배려도 있을 법한데, 상대적으로 환경이 열악한 우리 학교는 관내 교감들이 오고 싶어 하는 학교는 분명 아니었다.

"제가 자원했습니다. 친구가 교장 선생님을 추천해 주었습니다."

나는 고마운 가운데 기분이 참 좋았다.

그러한 학교에서 교장인 내가 선생님들에게 무엇을 간섭하겠는가?

그냥 선생님들 칭찬만 했다. 그 칭찬은 진심이었다. 잔소리는 전혀 하지 않았다.

방송 조회 때 '교장 선생님 훈화 말씀'은 1분을 넘긴 적이 거의 없었다.

직원 종례 시간이면 그날의 분위기에 알맞을 것 같은 아름다운 시 한 수 읊어 주고 "선생님들 정말 수고 많으십니다."라는 말로 마음속 고마움을 나타내었다.

막내 지민하 교사는 자신의 결혼식 청첩장 초대의 말에 내가 읊어 주었던 시를 실었다.

나는 정말로 행복한 교장이었다.

[그리움] 72.6×60.6cm 캔버스에 유채

차상수(1959~)

서울교육대학교 졸업, 국민대학교 대학원 졸업.
강동초미연전, 북악미연전, 가온미전.
가온작가회와 서울초등미술교과연구회에서 같이 활동했다.
밝고 쾌활한 성품이다. 그림에서 보듯 대범한 붓의 터치가 나는 참 부럽다.

깊은 강 2

이슬로 얼굴 씻던
숲속 그 작은 꽃잎은
지금도 피고 있을까?

개울에 발 담그고
수줍게 웃던 그 소년은
소녀를 만났을까?

폭포수 물보라에 어리는 무지개도
선녀탕 맑은 물에 찰랑이는 달빛도
상관없는 일이었다, 나의 삶과는
쫓기듯, 무엇이 그리 바빴던가
그저 앞만 보고 달려온 긴 세월

가슴속 어느 곳에 박혀 있었을까?

얼마만큼 넓어지고 또 깊어졌는지
이제, 비로소
여유로운 흐름 속에
아련한 별빛인 양 되살아나는
작은 기억들
그 소중한 행복들

정년퇴임가2

김홍균 작사 작곡

크 - 고 도 - 높은뜻을   가슴 속 에 - 새기시 고   그 -
홍안 으 로 - 뿌린씨 앗   주름 으 로 - 가꾸면 서 며   가 -
쉼 - 없 는 - 노력으 로   사 도 의 본 - 보이시 며   한 -

한 길 - 따 - 라 서   평 - 생 을걸어 오 셨 네   바 로
녀 린 - 새싹 들 을   동 량 으로키워 오 셨 네   땀 이
없 는 - 아량으 로   인 화 의 꽃피 워 오 셨 네   임 -

오 - 늘 그 큰 뜻 - 이 이 루 어 진 이 자 리   거 -
배 이 고 정 이 스 - 민 가 르 침의 열 매 는   새 시
께 - 서 밝 힌 등 - 불 그 - 열 정 그 사 랑   남 아

룩 한 - 임 의 얼 굴   영 광 으 로 빛 나 옵 니 다   아 -
대 의 - 초 석 으 로   온 누 리 에 퍼 지 오 리 다   아 아
있 는 - 저 회 들 이   받 - 들 어 이 어 가 리   아 -

아 - 이 제 - 는   무 거 운 짐 - 벗 으 시 고   평 안
아 - 이 제 - 는   베 푸 시 던 - 그 손 으 로   행 -
아 - 이 제 - 는   쌓 아 올 린 - 공 덕 위 에   여 -

함 을 을 - 누 리 소 서 서   ○ ○ ○ 교 장 선 생 님
복 을 을 - 받 으 소 서 서
생 을 을 - 돌 보 소 서

26. 지위와 신분

지위가 높아지는 것을 신분 상승이라고 말하기도 한다. 맞는 말일지도 모른다. 그러나 신분의 차이로 인해 인간의 귀천이 나뉘는 것은 결코 아니다.

"교장 선생님. 미천한 저에게 늘 잘 대해 주셔서 정말 감사합니다."

젊은 주무관 이재학이 나에게 뜸을 떠 주면서 하는 말이다. 암을 얻은 뒤로 점심시간을 이용해서 쑥뜸을 뜨곤 했는데, 이 젊은 친구는 바쁜 시간을 쪼개어 나를 돕는다.

평소에 격의 없이 대해 주는 나에게 고마움을 표시한 말인 줄은 잘 안다. 그렇지만 순간 나는 정색을 하고 그를 나무랐다.

"미천하다니. 그대가 왜 미천한가? 그대나 나나 똑같이 나라의 녹을 받는 공무원일세. 나는 교장의 역할을 하면서 녹을 받고, 그대는 주무관의 일을 하면서 녹을 받는 것이야. 교장에게는 주무관에게 지시할 수 있는 권한이 있고, 주무관에게는 교장의 정당한 지시를 수행할 의무가 있는 바, 그것이 지위의 고하를 나타낼 수는 있어도 신분의 귀천을 나타낸 것은 아니거든. 공무원은 각자의 위치에서 맡은 역할을 충실히 하면 되는 거야."

자신 있게 말하거니와 나는 교장이란 지위를 내세워 소속 직원들을 관리한 적이 없다. 그냥 같은 인간으로서 각자 맡은 역할을 잘해 달라고 당부했을 뿐이다. 정규직이든 비정규직이든 나에게는 자신의 업무를 수행하고 정해진 보수를 받는 똑같은 구성원이었다.

이상희 행정실장은 정말로 성실하고 원칙에 충실한 사람이었다. 그의 업무 처리는 깔끔하고 확실했으며, 행정실의 모든 직원들을 소통과 화합으로 잘 이끌고 있었다. 나는 행정실의 업무를 그에게 일임했다.

그 행정실장이 임기를 마치고 다른 학교로 가게 되었을 때, "당신과 똑같은 사람을 데려다 놓고 가라."라고 신신당부를 했더니 그는 조금 뜻밖의 말을 해 주었다.

"교장 선생님. 이번에 관내에서 자리를 옮기는 행정실장들이 대부분 우리 학교로 오고 싶어 합니다."

솔직히 기분이 좋았다. 그래서 교육청에 찾아가 실장이 추천한 사람을 우리 학교로 보내 달라고 했다. 역시 성실한 사람이어서, 행정실의 업무를 믿고 맡겼다.

행정실 소속의 모든 주무관들도 일들을 얼마나 열심히 하는지, 그런 그들을 볼 때마다 나는 좀 쉬어 가며 하라고 말리듯 말하곤 했다.

나한테 꾸지람(?)을 들은 그 젊은 주무관은 근무지를 옮긴 다음에도(근무지가 정말로 가까워서) 점심시간이면 달려와 쑥뜸을 떠 주곤 했다.

[사랑의 계절] 60.0×40.0cm 아크릴 판화(Monotype+콜라주)

장원양(1955~)

서울교육대학 졸업, 한국교원대학교 대학원 졸업, 전 서울신도초등학교 교장,
전 서울발산초등학교 교장, 전 서울초등미술교과연구회 회장.
개인전 2회, 단체전 다수.
서울초등미술교과연구회에서 같이 활동했다. 시원시원하고 합리적인 성품으로
회장 재직 시 연구회의 발전을 위해 많은 공헌을 했다.

깊은 강 3

깊은 ~~~~~~
~~~~~~
~~~~~~
~~~~~~
~~~~~~~~~~~~~~~~~~~~~~~~~~~~~~~◁==<~~~~~~~~~~~~~~~~~~~~~~~~~~~~~~~~~~
~~~~~~
~~~~~~
~~~~~~♪♬~~~~~~~~~~~~~~~~~~~~~~
~~~~~~~~~~~~~>>>++▶~~~~~~
~~~~~~
~~~~~~
~~~~~~
~~~~~~~~~~~~~~~~~~~~~~~~~~~~~♬♭♩~~~~~~~~~~~~~~~~~~~~~~~~~~~~~~~~~~~~~
~~~~~~~~~~~~~~~~~~~~~~~~~~~~~~fish~~~~~~~~~fish~~~~~~~~~~~~~~~~~~~~~~
~~~~~~
~~~~~~~~~~~~~~~~~~~~~~~~~>==▷~~~~~~~~~~~~~~~~~~~~~~◀∑++<<~~~~~~
~~~~~~
~~~~~~
~~~~~~~~~~~~~~~~~~~~~~~~~~*&*~~~~~~
~~~~~~
~~~~~~~~~~~~♬~~~~~~~~~~~~~~~~~~~~~~~~~~~~~>>▨▨▶~~~~~~~~~~
~~~~~~~~~~~~~◀∈∋<<~~~~~~
~~~~~~~~~~~~~~◁▨▨<<~~~~~~~~~~~~~~~~~~~~~~~~~~~~~~~~~~~~~~~
~~~~~~~~~~~~~~~~♬♬♬♬♬~~~~~~~~~~~~~~~~~~~~~~~~~~~~~~~~~~~~~~
~~~~~~~~~~~~~~~~~~~~~~~~~~***~~~~~~~~~~~~~~~~~~~~~~~~~~~~~~~~~~~~
~~~~~~
~~~~~~~~~~~~~~~FISH~~~~~~
~~~~~~FISH~~~~~~~~~~~
~~~~~~
~~~~~~@@~~~~~~~~~~~~@##@@@~~~~~~~~~~~~~~~!!!!!!!!!!!!!!!!~~~~~^^^^^~~~~~~~~~~~~~~~~~~ 강

정년퇴임가3

김홍균 작사 작곡

오랜 세 월 걸어온 길　　한 뜻 세 위 달려온 길　　　그
가 - 녀 린 어린싹들　　동 량 으 로 키운흔적　　　당

길 의끝자 락 에　　당 - 신 은 서 있습니 다　　　살아
신 의곱던얼 굴　　주 름 으 로 남았습니 다　　　정성

온 날의무게 만 - 큼 힘들었 던 스승의길　　　그러
을 다해밝혀 놓으신 가르침 의밝은등불　　　뒤따

나 흘린땀방 울만큼 보 람 된길 - 이러 니　　　이
르 - 는저회들 - 이 받 들어이어가리 니　　　비

제 는무거운짐　　가 만 내 려놓으시고　　　평안
로 소당신의삶　　웃 음 으 로펼치시어　　　행 -

함 을 누 리소서 서　　○ ○ ○ 교 장 선 생 님
복 을 받 으소서 서

27. 멋있는 사람들

겉모습으로 인간을 평가하는 것은 얼마나 어리석은 일인가? 이를 알면서도 마주한 사람의 새로운 내면이 엿보이는 순간 내심 놀라움을 금치 못하는 경우가 있는데….

"저는 피카소의 청색시대 작품을 좋아합니다."

이 양반. 비범한 면이 있는 분인 줄은 짐작하고 있었거니와 미술에 조예가 있는 줄은 또 몰랐다. 청색시대를 언급할 정도면 미술에 관심이 상당하다 싶어 "작업은 얼마나 하셨습니까?" 하고 물으니 "무슨, 작업이라고 할 수는 없고요." 하며 슬쩍 화제를 돌려 버린다.

"국전 작품 중에서는 「과녁」이란 작품이 가장 제 마음에 듭니다." 나도 1970년 국전에서 대상을 받은 김형근 화백의 그 작품을 안다. 둘이서 인터넷을 검색하여 그 작품을 감상했다.

"배제중학교에 다닐 때 한 학년 아래인 한동일이 피아노 연습을 할 때면 제가 악보를 넘겨 주기도 했지요." 한동일. 세계적인 피아니스트가 아니던가!

당직 기사 임영진.

당직 기사는 오후 5시부터 근무하는데, 그는 대낮부터 출근해서 나에게 쑥뜸을 놓아 주는 것으로 일과를 시작한다. 내가 항암 치료를 받는 동안 그는 열두 살이나 어린 나를 친동생 보살피듯 했다. 어쩌다 내가 뜸 뜨기를 게을리하는 것 같으면 꾸지람 비슷하게 주의를 주기도 한다.

점심시간에(앞에서 언급한 주무관과 교대로) 쑥뜸을 놓아 주고는 한참 어린 주무관들을 도와주러 간다. 주무관들이 그렇게 좋아할 수가 없다.

이전에 우리 학교에서 주무관으로 근무했던 그는 학교에 대한 사랑이 참으로 대단하다.

아침마다 그 넓은 교사 주위를 깨끗이 쓸어 놓고 퇴근한다. 그게 어디 쉬운 일인가? 본인의 일도 아니요, 누가 시킨 것은 더더욱 아닌데 하루도 빠지지 않고 학교를 위해 헌신하는 모습이 정말 고마웠다. 그래서 내가 퇴임할 때, 학교장 이름으로 감사패를 드렸다.

"나 또 일 좀 부탁하려고 전화했는데…"

"네. 교장 선생님."

이 책을 만들면서도 전화를 했다.

다른 사람에게 맡겨도 이 일을 처리할 수 있다. 그러나 나는 보수도 주지 않을 일을 굳이 그 사람에게 부탁한다.

내가 퇴임을 하고 학교를 떠나던 날 그 사람을 불러 이렇게 말했다.

"나는 헤어지는 인사말을 하지 않겠습니다. 선생님하고는 인연을 이어 가고 싶어서요."

교무보조로 들어온 그 사람을 나는 선생님이라고 불렀다.

진실하며 성실하다. 모든 사람에게 친절하며, 맡은 일을 깔끔하게 처리할 뿐만 아니라 남의 일도 내 일처럼 돕는다. 지금껏 살아오면서 이렇게 맑은 심성과 탁월한 업무 처리 능력을 겸비한 사람을 본 적이 없다.

공무직 김기주.

얼마나 욕심이 났으면 조정숙 교감 선생님은 남편이 운영하는 삼성 대리점에 이 사람을 추천했을까? 대리점에서는 마침 직원을 구하고 있었고, 봉급은 삼성 본사에서 직접 지급을 한다고 하니 말하자면 '삼성맨'이 되는 셈이었다.

그러나 그녀는 교사들의 업무를 보조하는 일을 하면서 보수도 턱없이 낮은 학교에 그대로 남겠다고 했단다. "학교에서 근무하는 사람들이 좋아서"가 그 이유라고.

하기는 그녀가 젊지 않은 나이에 낮은 보수를 받는 공무직으로 학교에 들어온 것이, 경제적인 문제 때문은 아닌 것 같다. 그렇다고 하더라도 삼성행을 마다하고 학교의 비정규직으로 남는다는 것은 삶에 대한 가치관이 뚜렷하기 때문이 아닐까?

나중에 알고 보니 모 은행에서 오랫동안 근무하다가 그만두고 가정으로 돌아갔단다.

독실한 불교 신자인 그녀에게서 맑고 깨끗한 사람의 모습이 보인다.

요즘엔 성악 공부를 하고 있다지, 아마?

[흔적] 60.0×38.0×18.0cm 조합토, 화장토, 판상 상감

최정란(1954~)

광주교육대학 졸업, 한국교원대 대학원 졸업.
전 전남 보성 회천초등학교 교장, 현 문해교육 강사.
대학 동기이며 대학원 동기이다. 타인을 배려하는 넉넉한 마음과
쾌활하고 당당한 그의 성품에서 여장부의 모습을 본다.

깊은 강 4

산산산~산산산산산산산산산산산산산산산산산산산산산산산산산산산산산산산산산산산산산
산산산~~산산산산산산산산산산산풀꽃산산산산산산산산산산산산산산산산산산산산산산
산산산산~~산산산산산산산산산산산산산풀꽃산산산산산산산산산산산산산산산산산산산산
산산산산산~~산산산산산새산산산산산산산산산산산산산산산산산산산산산산산산산산산산
산산산산산산~~산산산산산산산산산산산산산산산산산산산산산절산산산산산산산산산산산
산산산산산산산~~산산산산산산산산산산산산산산산산산산산새산산산산산산산산산산산산
산산산산산산산~~산산산산산산산산산산산산산산산산산산산억새산산산산산산산~산산산산
산산산산산산산산~~산산산산산산산산산산산산산산산산산억새억새억새산산산산~~산산산산
산산산산산산산산~~산산산산산산산산산산산산산산산산산산산산산산~~산산산산
산산산산산산산산~~~산산산산산산산산~산산산산산산산산산산산산산산~~산산산산산
산산산산산산산산~~~들산산산산산산산산~산산산산산산산산나비산산산산산~~산산산산산
산산산산산산산산~~~산산산산산산산산~~산산산산산산산산산산산산~~산산산산산
산산나비산산산산산~~~산산산산산산산산~~산산산산산산산산산산산~~~산산산산산산
산산산산산산산들~~~산산산산산산산산~~산산산산산산산산산~~~산산산산산산산
산산산산산산산산~~~산산산산산산산산~~산산산산산산산산산~~~산산산산산산산
산산산산산산산산~~~산산산산산~~산산산산산산산산~~~들산산산산산산산산산
산산산산꽃산산산산~~~산산산산~~산산산산산산산산~~~산산산산산산산산산
산산산산산산산산~~~들산산산~~산산산산산산산산~~~산산산산산산산잠자리산산산산
산산산산산들들~~~들산산들~~산산산산산산산산~~~산산산산산산산산산
산산산산집들들들~~~들들~~~갈대산산산산산산산산~~~산산산산산산산산산산
산산산산산들들~~~~~~~들산산산나비산산산산산갈대~~~산산산산산잠자리산산산산산산산
산산산들들들~~~~~들들집산산산산산산산들~~~들산산산산산산산산산꽃산산산
들들들들~~~~~들들산산산산산산산산들~~~들들산산산산산산산산산산산
산들들들들~~~~~~들들산산산산산들들~~~들들산산산산산산산잠자리산산산산산산
산들들들들들들~~~~들들들산산산들들~~~들들산산산산산산산집집집산산산
산들들들들들들들~~~~~들들들산들들~~~들들산집산산산감나무산산집집집집산산산산
산들들들들새들들들들들~~~~~~들~~~~들들집집산산산산산산산집산산산산산산
산산들들들들들들들들들~~~~~~~~들들들산들들산산산산들들산산산산산산
산산산들들들들들들들들들~~~~~~~~~섬~~들들집산산산산들들들산들산산산산산산
산들들집집들들들들들~~~~~~~~~~~~~섬~~~들들집집집산산산산들들산산산산산산산
산산들들산꽃산산들들들들들~~~~~~~~~~섬~~들들들들산산산산산들들산산산산산산산들들
산산산집집들들들들들들들들~~~~~~~~~들들들들산들들들들집산산산산산들산들
들들산들들들들들들~~~~~~~~~~들들들산들들들들들산산들들산산들들
들들들들들들들~~~~~~~~~~들들들들들들산들들집집집산들들들들들
들들들들들들들~~~~~~~~~들들들들들메뚜기들들집들들들들산
들들들들들들들들들~~~~~~~~~~배~~~~~~~~~~들들들들들들들들들들들들
들들들들들들들들들~~~~~~~~~~~~~~~~~~~~~~~들들들들들들들들
들들들들들들들들들들들~~~~~~~~~~~~~~~~~~~~들들들들들들들

바람이 불면

김홍균 작사 작곡

바 람 이 불 면 - 그 - 대 여 귓 가 에 맴 - 도 는 - 그 대 음 성

바 람 이 불 면 - 그 - 대 여 가 슴 에 스 며 드 는 - 그 대 숨 결

맑 은 바 람 은 나 의 간 절 한 - 소 망 처 럼

밝 은 햇 살 은 그 대 따 스 한 - 미 소 처 럼

아 름 다 운 - 그 대 여 조 용 히 기 다 리 는 - 내 가 슴 에

바 람 이 불 면 - 그 - 대 여 사 랑 이 여

28. 꿈꾸던 날

정년퇴임은 교직을 천직으로 여긴 모든 사람들의 소망이 아닐까? 쉼 없이 걸어왔던 인생의 긴 여정. 젊은 시절 아득하게만 느껴졌던 그날.

"지금부터…."
사회를 보는 태재희 교무부장 선생님이 울컥 울음이 치미는 듯 한참 숨을 고른다.
누구 앞에서도 자신의 의견을 분명하게 말할 수 있는 사람. 아닌 것을 아니라고 말하면서도 상대방의 논리적인 설명을 들으면 자신의 생각을 수정할 줄 아는 사람. 항상 올곧은 행동과 바른말로 교장인 나를 보필해 주던 부장님이다.
"김홍균 교장 선생님의 정년퇴임식을 시작하겠습니다."

1976년 6월 21일.
영광 염산초등학교에 첫 발령을 받고 부임하던 날의 기억이 뚜렷하다.
"저기 이발관에 가서 머리 좀 짧게 자르고 오시오."
인자하시면서도 교사의 단정한 용모를 강조하시는 이승범 교장 선생님 말씀에 나는 이발관에 세 번이나 들락거려야 했다.
그 후 지금까지 38년 9개월.
11개 학교를 거쳤다. 모든 학교의 기억이 주마등처럼 스쳐 간다. 학교마다 아름다운 기억들이 깃들어 있다. 내 인생은 그렇게 아름다웠다.
마지막 순간에 암이라는 만만치 않은 암초를 만나기도 했지만, 꿋꿋하게 대처하면서 교직 생활의 기나긴 항해를 마무리하는 오늘이다.
섬마을 평교사를 꿈꾸다가 서울 강남의 교장으로 정년퇴임을 하게 된 나의 인생은 성공한 것일까, 실패한 것일까?

매사에 적극적인 이경숙 교감 선생님께서, 다른 선생님들과 함께 퇴임식장을 정말로 정성껏 꾸며 놓았다. 떠나는 사람을 배려해 주는 따뜻한 마음이 느껴진다. 고맙다.
여기저기서 나를 위해 준비한 감사패, 공로패 등을 전달해 준다.
하헌태 전 교장 선생님께서는 축사를 하시기도 전에 울기부터 하신다. 이 좋은 날 아마도 병마와 싸우고 있는 나의 힘든 처지를 생각하시는 것이겠지.
차분하게 송별사를 읽어 가던 이선영 선생님도 그러나 어느 대목에서 기어이 눈물을 흘리고야 만다. 한참 동안 송별사가 끊겼다.
내가 서울 개포초등학교의 모든 직원들을 가족으로 여겼듯 그들도 그러했으리라 믿는다. 내가 아무런 사심이나 거짓이 없이 그들에게 내 속마음을 다 드러내 보였듯, 그들이 나에게 보여 주었던 웃음과 친근한 말들이 모두 진심이었을 것을 믿는다.

아이들이 고운 목소리로 나의 자작곡 「오월」과 「달아 달아 밝은 달아」를 불러 준다. 합창부 아이들의 수고로움을 고마운 마음으로 받고 싶다.

나는 아이들을 가르치는 것이 즐거웠다. 학교는 먹고살기 위한 직장이 아닌, 나의 꿈을 펼치는 삶의 터전이었다. 누구의 말처럼 나는 관리자보다 아이들을 직접 가르치는 교사가 더 어울릴지도 모른다.

이선영, 진혜원, 김소영 선생님이 머리를 맞대어 작사하고 진혜원 선생님이 작곡한 정년퇴임가를 여러 선생님들이 함께 불러 준다.

내가 모시던 교장 선생님께서 정년퇴임을 하시게 되었을 때면 직접 퇴임가를 만들어 불러 드리곤 했었는데, 오늘은 나를 위해 만들어 준 노래를 이렇게 듣고 있다.

오늘— 2015년 2월.

교직에 발을 들여놓으면서 늘 꿈꾸어 왔던 바로 그날이다.

나의 퇴임을 축하해 주기 위해 모인 모든 분들께 감사한 마음을 표했다.

그리고 그 긴 세월 동안 묵묵히 아이들을 키우며 가정을 지켜 온 아내에게, 오늘의 이 영광스러움은 오롯이 당신의 몫이라고, 어쩌면 처음으로 고맙다는 말을 했다.

[praise—2015] 45.5×37.9cm 캔버스에 유채

유미아(1963~)

서울교육대학교 졸업, 한국교원대 대학원 졸업.
전 초등학교 교사, 개인전 7회, 단체전 다수.
대학원 동기이다. 인물화에 특히 능하며
꾸준히 제작하고 있는 작품들도 밝고 환한 그의 성품을 닮았다.

퇴직 후에

이제는
담 밖에서
평생을 살아온 학교 안을 바라본다

운동장 가득한 햇살 속에서
고기 비늘처럼 반짝거리며
하루를 헤엄치는 아이들
까르르
바람에 실려 오는 웃음소리

잘 가르쳤을까?
어쩌면 스승인 적도 있었고
또 어쩌면 철밥통이었던 적도 있었고
삶이란 것이 그렇게
옥(玉)인 듯 돌(石)인 듯…

가르치며 배우고
배우며 가르친다고

아이들은 언제나
저렇게
온몸으로 배우고
해맑은 웃음으로 가르치고 있는데

정년퇴임가

-김홍균 교장님을 위한 곡-　　　이선영 진혜원 김소영 작사　　진혜원 작곡

그 따스 했던 햇 살 이산을 넘으면 우리들의 하루도 물 들죠

어 느새 세 월은　그 렇게　(어떻게 당신만 세월 이　비 켜 갔 나 요

여 전 히 당신은 우 리의　젊 은 그 대)　늘 친구같이 편안　한 웃음으로

맘 을 적 시 던 아 름 다 운 시 들 이　가 끔 씩 그 리 워 지 겠 죠

(가수도울고간화가도쓰러진　당신은능력자　모두가반-할오나의캡틴 최 고 였 어 요)

누 구 보 다 도 우 릴 신 뢰 해 주 신　교 장 님 을 모 셔　행 운 이 었 어 요
행 복 했 던 날 모 두 추 억 에 담 아　새 로 운 날 들 위 해 - 노 래 하 리

164
樂

시 간 이 지 나 간 후 에 도 그 대 를 항 상 그 리 워 할 거 에 요
내 일 의 또 다 른 시 작 은 당 신 을 더 욱 꿈 꾸 게 할 거 에 요

Coda

D.C. al Coda

Coda

우 - - 당 신 의 내 일 을 축 복 합 니 다 교 장 선 생 님 사 랑 합 니 다

진혜원(1979~)

경인교육대학교 졸업, 서울교육대학교 대학원 졸업, 현 서울수서초등학교 교사.
용인문화재단 거리아티스트, 서울 거리아티스트.
2011, 2017 KBS 창작동요제 작사우수상, 2014 백제나라 창작동요제 작곡우수상.
서울개포초등학교에서 같이 근무했었다. 티 없는 마음으로 스승의 길을 걸으며
퇴임하는 나를 위해 이 노래를 만들었다.

2020. 1. 김봉춘

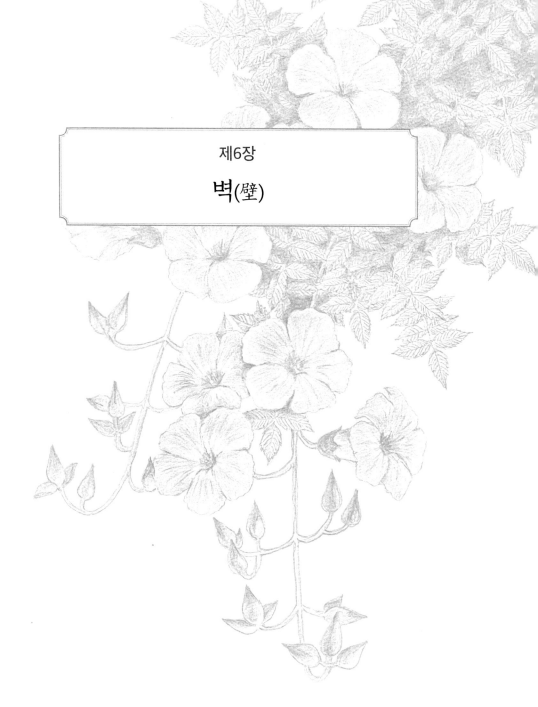

제6장

벽(壁)

◁ **[능소화]** 31.0×46.8cm 종이에 연필

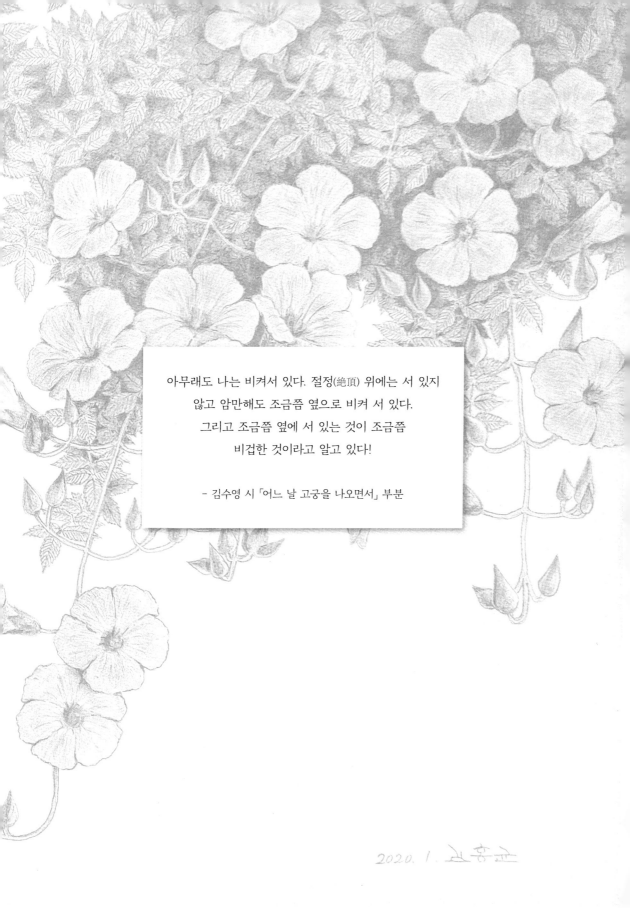

아무래도 나는 비켜서 있다. 절정(絶頂) 위에는 서 있지
않고 암만해도 조금쯤 옆으로 비켜 서 있다.
그리고 조금쯤 옆에 서 있는 것이 조금쯤
비겁한 것이라고 알고 있다!

– 김수영 시 「어느 날 고궁을 나오면서」 부분

2020. 1. 전홍표

29. 내가 사는 세상

같은 하늘 아래에서 같은 시대를 산다고 해도 다 같은 세상에서 사는 것은 아니다. 바라보는 시각에 따라 세상은 그토록 다르기 때문에.

젊은 시절 나는 정치에 아무런 관심이 없었다.

"유신 철폐" 등의 구호를 외치며 많은 젊은이들이 학생운동에 뛰어들던 1970년대에 대학에 다녔으면서도, 데모 같은 것은 꿈에도 생각해 보지 않고 살았다. 등록금은 고스란히 빚으로 쌓여졌고 가정교사 노릇을 하여 번 푼돈까지 살림에 보태야 했던 상황에서 데모는 무슨….

아니, 틀렸다. 생활에 여유가 있었다고 해도 나는 결코 학생운동 같은 것은 하지 않았을 것이다. 누군가 '유신 독재'에 대해 이야기하면 그의 논리에 동조는 하면서도, 그 독재 정치는 나의 삶과는 아무런 상관이 없는 정치적 영역으로 여겼다.

나는 그렇게 참으로 '선량한 시민'이었다.

교사로 발령받은 뒤에는 어린이들을 열심히 가르쳤고, 국민 투표율을 높이기 위해 주민들을 계도하는 등 나라에서 시키는 일들을 잘 수행해 내는 '모범적인 공무원'으로 살았다.

그러던 내가 어쩌다 1980년 '광주 사태' 기간 동안 광주에서 지내게 되어 버렸다.

영광에서 근무하던 중, 공휴일을 이용하여 광주에 계시는 어머님을 찾아뵈러 왔다가 그대로 갇혀 버린 것이다. 교통과 통신이 외부와 단절된 광주에 갇혀 지내며, 비로소 나와는 전혀 상관없을 것 같던 우리 사회의 또 다른 모습에 눈을 뜨게 되었다.

나를 검문하는 계엄군의 눈에서 생전 처음 살기(殺氣)라는 것을 느꼈다. 그러나 그들도 나 같은 시민은 건드리지 않았다. 백일 된 딸을 안고 다닌 것이 선량한 시민의 증표였다고 할까?

그랬다. 나는 그렇게 나약한 선량한 시민이었다. 광주의 현장에서 직접 보거나 들은 계엄군의 만행에는 분노하면서도, 그 분노를 표출하지는 못한 채 저만치에서 그저 구경만 했었다.

계엄군이 도청에 진입하던 날 밤 심장마비로 세상을 뜨신 어머님의 장례를 치르고, 다시 모범적인 교사로 돌아와 충실히 근무했다. 광주의 분노는 가슴 한구석에 담아 둔 채로, 정치적 중립을 지켜야 하는 공무원으로 살아가면서 열심히 내 삶을 설계하고 있었다.

"책상을 '탁!' 치니 '억!' 하고 죽었다."

이게 말이 되는가?

온 국민이 분노했다. 물고문을 감추려고 한 경찰의 거짓말은 들통이 났고 박종철 군의 죽음은 6월 항쟁의 도화선이 되었다.

그 분노의 와중에서, 그러나 나는 또 다른 이유로 가슴이 답답했다.

책상을 쳤는데 옆에 있던 사람이 죽어?

거짓말을 해도 나름대로 그럴듯한 논리는 갖추고 있어야 그러려니 하고 속아 주기도 하지, 이렇게 막무가내로 우기면 어쩌자는 것인가?

그들은 그래도 된다고 생각했을지도 모른다. 말이 되든 안 되든 그냥 발표만 하면 된다고. 그러면 국민들은 내심으로야 믿든지 안 믿든지 아무런 말도 못 한 채 그냥 넘어갈 것이라고!

만약 시신을 부검한 의사의 증언이 없었다면, 박종철 군은 책상을 치는 소리에 놀라 죽은 것으로 역사에 기록되었을지도 모른다.

옛날의 기억이 떠올랐다.

1960년대 후반이었을 것이다. 신문에 이런 내용의 기사가 실렸었다. "설탕값 인상으로 인한 청량음료 가격 인상." 국제적으로 설탕값이 인상되어 국내 청량음료 가격도 따라서 올랐다는 내용이었다. 그러려니 했다. 얼마 후 설탕값이 내렸다는 소식이 들렸는데, 청량음료 가격은 내리지 않았다. 당연히 청량음료값을 내려야 한다는 여론이 일자 그 회사에서 해명성 기사를 내었다. "지금까지 만든 청량음료에는 설탕을 쓰지 않았다. 이제부터는 설탕을 쓰도록 하겠다." 이런 말도 해명이라고 할 수 있는가? 더 기가 막힌 것은, 그 한 번의 기사로 더 이상의 논란이 일지 않았다는 사실이었다. 나를 포함해서 우리나라 사람들은 왜 그런 말도 안 되는 억지 해명에 대해 아무런 반응을 보이지 않았던 것일까?

세상의 많은 부분이 거짓과 위선으로 포장되어 있다는 것쯤은 나도 알고 있다. 사람들도 대부분 그러려니 하면서 살아가고 있을 것이다.

그런데 어쩌면 그 그러려니 하는 생각이 이런 억지를 만들어 낸 것은 아니었을까? 나 같은 '선량한 시민'의 소극적인 태도가 위선자들의 만행을 부추긴 것은 아니었을까?

잘못이 드러났을 때 말도 안 되는 억지를 부리는 것은, 그 억지가 통하기 때문일 것이다. 우리 사회가 그런 억지들을 용인해 주고 있었기 때문일 것이다. 설탕값에서 물고문까지의 그 시간 사이에도 또 다른 억지는 있었고, 또한 통했으리라.

그렇게, 내가 보는 세상은 억지스러운 풍경으로 일그러져 버렸다. 광주를 목격하고 물고문의 실체를 알게 되면서, 이제는 억지스러운 말들이 빈번히 귀에 들어오기 시작했다.

정치에 관심이 생긴 것일까?

정치인들의 말을 듣고 있노라면 그 억지스러움에 헛웃음이 나온다. 분명히 동영상에 증거가 있는데 "없다." 하고 우기는 대목에서는 웃음도 나오지 않는다. 그런 억지가 수정되지 아니하고 넘어가는 현실을 보면 한숨만 나온다.

"우리가 정치를 외면한 가장 큰 대가는 가장 저질스런 인간들의 지배를 받게 된다는 사실"이라는 플라톤의 말이 가슴을 후볐다. 여전히 수많은 억지들이 정치와 언론을 수놓을 때, 그러나 현명한 우리 국민은 그러한 억지를 언제까지나 용납하지는 않았다.

나는 2016년에 밝혀진 촛불은 그동안 우리 사회에 쌓여온 억지들을 태워 버리기 위해 타올랐다고 생각한다. 억지가 아닌 상식이 통하는 세상을 만들기 위하여.

　정치에 관심이 생겼다고는 하나 그것은 그냥 생각일 뿐, 나는 여전히 비정치적인 '선량한 시민'이다. 유신 독재에 항거하지도 않았고, 광주 민주화운동은 구경만 했으며, 6월 항쟁 때에는 섬에서 근무하느라고―이것이 핑계가 될까만―동참하지 못했고, 2016년의 촛불 집회 때는 암을 치료하느라 마음으로 성원만 보냈다. 우리나라의 민주주의를 한 단계씩 성장시켰던 역사의 현장에 한 번도 참여한 적이 없는 참으로 나약한 시민이었고, 지금도 그렇다.

　그래서 불의에 대한 분노와 투쟁의 결실은 나의 몫이 아니다. 다만, 아무리 침묵하는 필부라 할지라도 생각은 있는 것이어서, 거짓말 그 자체보다도 앞뒤의 논리가 모순되는 억지에 숨이 막히는 것이다.

　이제 적어도 숨은 좀 쉬고 살 만한 세상은 열릴 것인가?

[벽] 31.0×23.5cm 종이에 연필 ▷

고백

나는
광주에 대한 글을 쓰고 싶었습니다

왜냐하면
광주는
내가 어릴 적부터 살아온 곳이기 때문입니다

그리고 또 나는
5월의 광주에 대한 글을 꼭 쓰고 싶었습니다

왜냐하면
1980년 5월에 광주에서 살아서
이른바 광주 사태를 몸소 겪었기 때문입니다

그때 나는
시내 곳곳에서 맞닥뜨린
공수부대라고 불리던 군인들의
그 살기 어린 눈빛에 몸서리를 치고
그 광기 어린 만행에 치를 떨면서도
노모와 아내와 백일 난 딸이 있는
가장이어서
폭도라 불리던 데모대들에게
그저 마음으로만
박수를 보내며 동조했었습니다
그러면서
마음속의 이 분노를
언젠가 글로 쓰리라

글로써 이 분노를 분출시키리라
마음먹었습니다

세월이 흘러서
광주 사태가 민주화운동으로 이름이 바뀌어지고
폭도들이 민주화 투사로 변모되자
많은 사람들이
이제는 마음 놓고
자신들이 겪고, 보고, 들은 대로
광주의 5월을 이야기하곤 했습니다
그럴 때면 나도 그들 사이에 끼어들어
침을 튀겨 대며
내가 겪고, 보고, 들은 것들을
그대로, 혹은 과장해서 이야기하면서
아직까지도 가슴속에서 살아 꿈틀대는 분노를
꼭 글로 쓰리라 거듭 다짐했었습니다

그런데
세월은 자꾸 흘러가는데
광주에 대해서
5월의 광주에 대해서
생각만 이리저리 굴릴 뿐
단 한 줄도 쓸 수가 없었습니다
그러다
문득 깨달았습니다

나는

5월의 광주에 대해서
글을 써서는 안 될 사람이었습니다

나는 구경꾼이었습니다
그 독한 최루가스 속에서 뿜어져 나오던
짐승의 단말마 같은 절규들을
저만치에 비켜서서 듣고만 있었습니다
저녁 어스름에 아름다운 빛을 발하며
소리보다 먼저 쏟아지는 탄환의 궤적들을
저 멀리에 몸을 숨기고 바라만 보았습니다
그 탄환에 맞아 숨진 사람들을 안치해 놓은
상무관 근처에는 가지도 않았습니다
세상이 이럴 수는 없다며
흐르는 눈물을 주먹으로 훔치면서
카빈 소총 한 자루를 들고
최신식 기관총에 맞서고자
거리를 내닫는 대학생, 그 젊은이를
짐짓 못 본 척했습니다
어쩌다 군인들이라도 만나게 되면
아주 선량한 시민인 것처럼
미소 띤 얼굴로 그들 옆을 지나쳤습니다
백일 된 딸을 안고 다닌 덕에
검문을 당하지 않은 것이
그렇게도 다행스러웠습니다

내가 만약
그때 가장이 아니었다면

두 눈 부릅뜨고
그 최루가스 속으로 뛰어들었을까
가슴 활짝 열어
그 총구 앞에 온몸으로 버티었을까
스스로 묻고는
혼자 얼굴이 붉어졌습니다

그렇습니다
설령 가장이 아니었다 해도
나는 절대로 그렇게 하지 못했을 것입니다
아니 절대로 그렇게 하지 않았을 것입니다
딸린 식구가 없었을지라도
젊은 내 목숨이 너무나 아까워
데모대에 들어갈 생각도 아니했을 것입니다
지금도 나는 내 목숨이 이렇게 아깝습니다

그렇게 구경만 하고는
어쩌면 기꺼이
또 어쩌면 두려움을 애써 감춘 채
나만큼 아까웠을 목숨을
역사 앞에 내던진 사람들의
그 절절한 분노를, 눈물을
몰래 훔쳐서 내 것인 양 가슴에 담고
두 주먹 부르르 떨며 살아왔습니다
생각하면
그저 얼굴이 화끈거릴 뿐입니다

이제라도
나의 분노가 사치요 위선임을 알게 되어
그나마 다행일런지요
앞으로는
5월의 광주에 대해
글을 쓰지 않겠다는 생각을 갖게 된 것만도
참으로 다행일런지요

하여도
비록 그러하다 하여도
광주가 생각날 때면
5월의 광주가 생각날 때면
미어지는 가슴은 또 어쩔 수 없어
그럴 때면
김준태 시인의 「아아 광주여, 우리나라의 십자가여!」를
혼자 속으로 외우며
그냥 울기로 했습니다

할미꽃

김홍균 작사 작곡

안 개 가 외 로 움 으 로 나 를 감 싸 - 면

그 냥 외 로 운 채 로 이 슬 비 슬 픔 으 - 로

몸 을 적 시 - 면 그 냥 슬 - 픈 채 로

조 용 히 피 었 다 - 가 아 무 말 없 이 스 러 지 - 는

저 기 외 진 무 덤 가 - 에 할 미 꽃 처 럼

30. 달빛고속도로

갈등 없는 집안이, 사회가, 나라가 어디에 있으랴? 완벽한 세상은 과거에도 현재에도 또한 미래에도 없다. 다만 우리들은 보다 합리적인 세상을 지향하며 살아가고 있을 뿐.

지역감정― 지역 간의 갈등은 어떠한가?

모든 갈등에는 다 그 이유가 있으되, 그러나 지역감정에는 어디에도 수긍할 만한 이유가 없다. 그냥 밉고 그냥 싫다. 애향심이 아니다. 애향심은 내 고장을 사랑하는 마음이지만 지역감정은 남의 고장을 싫어하는 마음이다. 애향심은 열린 마음으로 내 고장에 대한 자부심을 갖게 하지만, 지역감정은 닫힌 마음으로 타지방을 무조건 배척한다. 그래서 지역감정은 나라를 분열시키는 망국적인 병이다.

우리들이 지역감정으로 인해 얻는 것은 무엇일까? 상대방에 대한 증오심만 키워질 뿐 다른 어떤 것도 얻지 못한다. 일부 정치인들이 자신의 입지를 위해 끊임없이 지역감정을 조장하고 있는 바 그런 정치인들에게 휘둘리는 사람들을 우매한 백성이라고 하면 모욕적인 언사가 될까?

우리나라 지역감정은 영호남의 갈등이 대표적이다. 특히 나이가 많은 양쪽 사람들의 가슴속에는 지역감정의 앙금이 아직도 남아 있는 것이 솔직한 현실이다.

그 지역감정에 매몰되어 있는 사람들에게 나의 경우를 예로 들어 묻고 싶다.

나는 전라도에서 태어났다. 그런데 나의 아버지는 김해 김씨이고 어머니는 창녕 조씨이다. 나는 전라도인가, 경상도인가? 조금만 따져 보아도 서로의 인연이 이리저리 얽혀 있을 이 좁은 땅에서 지역을 경계로 서로를 배척하는 것이 얼마나 어리석은 일인지 정녕 모른단 말인가?

다행히 요즈음 젊은이들은 우리 어른들처럼 지역감정에 매몰되어 있는 것 같지는 않다. TV에서 방영되는 프로야구 중계방송을 보면, 젊은 연인들이 서로 다른 팀의 유니폼을 입고 다정스레 앉아 응원하는 아름다운 모습을 쉽게 볼 수 있다. 프로야구 초창기 때에는 상상도 할 수 없던 모습이다. 이제 그런 젊은이들이 우리나라의 주역이 되었을 때 이 망국적인 지역감정도 구시대의 유물로 남게 되기를 기대해 본다.

얼마 전에 확장 개통된 옛날의 '88올림픽고속도로'에, 달구벌과 빛고을의 첫 자를 따서 '달빛고속도로'라는 이름이 붙여졌다고 한다. 이렇듯 아름다운 이름의 길을 따라 양쪽의 마음도 하나로 연결되면 참 좋겠다.

전라도에서 태어난 나의 딸은 부산 사나이에게 시집을 갔다.

[그리움] 72.7×60.6cm 캔버스에 유채

박병호(1961~)

청주교육대학 졸업, 성신여대 산업미술과 졸업, 홍익대학교 교육대학원 졸업.
전 서울초등미술교과연구회 회장, 전 서울정수초등학교 교장,
현 서울대현초등학교 교장, 한국미협 회원, 한뫼회원.
서울초등미술교과연구회에서 같이 활동했다. 매사에 적극적인 성품으로
회장을 맡아서 연구회의 중흥 발전에 많은 공헌을 했다.

지역감정

선거 때마다 이 조그만 땅뙈기를 간교한 혓바닥으로 갈가리 또 찢어서
표 하나 더 얻으려 하는 그놈들을 개 같은 놈이라고 욕하지 말자 먼저
짖어 대는 개소리를 듣고 멋모르고 따라 짖는 놈들은 똥개임이 분명하
며 개 짖는 소리 없어도 스스로 이쪽의 수렁에 빠져 저쪽의 올가미에
묶여 꼼짝달싹 못 하는 나, 너, 우리는 개만도 못한 놈이 아니던가!

달항아리

김병렬 시 김홍균 작곡

한 - 백 년 - 살 아 보 세 - 그 리 며 - 살 아 보 세 -

팔 - 월 도 - 대 보 름 달 - 두 - 둥 실 - 떠 오 르 듯 -

저 처 럼 내 님 의 가 슴 끌 어 안 고 사 세 나

한 백 년 살 아 보 세

둥 글 게 살 아 보 게 연 자 매 돌 고 돌 듯

환 생 한 도 공 의 넋 저 처 럼 원 각 의 도 리

깨 달 으 며 사 세 나

한 - 백 년 - 살 아 보 세 - 뫼 - 시 고 - 살 아 보 세 -

내 - 엄 니 - 젖 가 슴 을 - 마 - 시 고 - 마 시 어 도 -

마 르 지 않 는 사 랑 을 애 고 지 고 사 세 나

31. 빛고을

심부재언 시이불견 청이불문(心不在焉 視而不見 聽而不聞) — 마음에 있지 아니하면 보아도 보이지 않고 들어도 들리지 않는다. 이른바 확증 편향!

나는 포기했다.

아무리 세세하게 설명을 해 주어도 결코 그들을 이해시킬 수 없다는 것을 알고 난 후부터 굳이 내가 아는 사실을 인식시키려 애쓰지 않게 되었다.

1980년 5월.

이른바 '광주 사태' 기간 동안 나는 광주에서 지냈다. 그래서 조금은 그날의 광주에 대해 알고 있다고 생각하여, 그날 이후 이런저런 자리에서 '광주 사태'에 대한 이야기를 하기도 하고 듣기도 했다. 그런데 그러면서 확인할 수 있었던 사실은, 사람에 따라 광주를 바라보는 시각이 그야말로 정반대라는 점이었다. 그리고 서로 간에 그렇게 다른 시각은 좀처럼, 아니 절대로 좁혀지지 않는다는 사실이었다. 사람들은 그야말로 듣고 싶은 이야기만, 듣고 싶은 대로 듣곤 했다.

북한군 600명이 몰래 침투하여 광주의 폭동을 선동했다고? 대한민국의 국방이 그렇게도 허술한가? 내가 그 말을 믿지 않는 것만큼이나 어떤 사람들은 굳게 믿는 것 같다.

군인들이 자국의 비무장 민간인을 향해 발포한 것이 자위권이라고? 당시 현장에 있었던 수많은 사람들이 "사살"이라고 증언을 해도, 믿지 않는 사람들의 생각은 꿈쩍도 하지 않는다.

12·12 사태와 5·18 유혈 진압으로 인하여 대한민국 법원으로부터 무기징역을 선고받은 전두환을 따르는 사람들이 있다는 것은, 나는 믿기 싫지만 엄연한 현실이다.

"당시 혼란했던 광주 사태를 진정시킨 영웅이 전두환"이라고 주장하는 사람들에게, 그가 자신의 권력욕을 위해 무고한 광주 시민을 학살했다는 말이 먹혀들 리 없다. "누가 뭐래도 전두환 정권 시절이 살기가 좋았다." 라고 말하는 사람들의 인식은 바뀌지 않을 것 같다. 그 사람들에게 '광주 사태'는 폭동이지, 결코 민주화운동이 아닐 것이다.

그렇게 빛고을 광주는 우리나라 사람들의 가슴속에 빛으로 혹은 어둠으로 각인되어 있다.

사람의 생각이 어찌 쉽게 바뀔 수가 있겠는가? 내가 직접 보고 겪은 일이라고 해서 모든 사람들이 내 말을 믿어 줄 것이라는 생각이 잘못일지 모른다. 다만 이것만은 확실하다. 믿지 않는 사람들이 있다고 해서 사실이 거짓으로 바뀌지는 않는다는 것!

[군화와 장미] 26.0×20.2cm 종이에 연필, 수채 ▷

2019. 3. 77

전남도청—1980년 5월 26일
: 어느 어머니의 증언

어머니가 말했다
— 아들아 집으로 가자
아들이 대답했다
— 엄마, 영수가 죽었어라

어머니는 말없이 돌아섰다
그래
남의 자식은 죽었다는데
내 자식만 살리자고
데리고 갈 수가 없구나
친구가 총에 맞아 죽었다는데
그 자리를 지키려는 내 자식을
나무랄 수가 없구나
오늘 밤
계엄군이 도청으로 밀려온다는데
아들아
네 나이 열다섯에
너는 그렇게
둘도 없이 친했던
친구 곁으로 가겠구나

빛고을 - 그날

김홍균 작사 작곡

누가 - 보았는가 그 독한 최루가스 속 - 에

뿌려지는 씨앗을 누가 - 말하는가 그

들이 흘려 놓은 뜨거운 피를 먹고 자라는 나무를

세월 흘러서 겨레 가슴에 그

날 가득했던 함성 간절했던 그 염원이

시들지 않는 꽃으로 활짝 - 피어날 때 그

때 - 말하리라 그 날의 금남로를 그

때 - 부르리라 오월의 그 노래를

32. 다이빙 벨

한 사건을 분석, 평가할 때 본질을 비껴가는 경우를 볼 수가 있다. 고의인지 아니면 어리석은 것인지…. 나는 세월호 참사 때 다이빙 벨 사건에서 그러한 사례를 보았다.

나는 이렇게 기억하고 있다.

맨 처음 이종인 씨가 세월호 침몰 현장으로 자신의 다이빙 벨을 가지고 왔을 때, 구조본부 측에서는 그 다이빙 벨의 사용을 반대했다. 그래서 철수했던 이종인 씨는 구조 작업 막바지에 다시 다이빙 벨을 가지고 왔다. 구조 작업에 진척이 없자 여론에 떠밀린 것이다.

이종인 씨는 다이빙 벨을 투입하면 20시간 이상 쉬지 않고 구조 작업을 할 수 있다고 장담했다. 그렇게 투입된 이종인 씨는 그러나 2시간 만에 작업을 중단하고 말았다.

언론들은 앞다투어 다이빙 벨의 실패를 보도했고, 이종인 씨도 실패를 인정했다.

나는 도저히 이해할 수가 없다.

그때까지 잠수부들이 물속에서 작업하는 시간은 20~30분에 불과하다고 했다. 40m 깊이까지 잠수하여 작업하고, 감압 과정을 거치면서 수면 위로 올라오고….

그런데 다이빙 벨을 투입하면 작업 가능 시간이 2시간으로 늘어나는 것이 증명되지 않았는가?

수중의 다이빙 벨 안으로 공기를 주입하면 수면까지 오르내리지 않아도 그 공간에서 호흡을 가다듬고 작업을 계속할 수 있다니, 작업 가능 시간이 늘어나는 것은 자명한 일일 것이다.

다이빙 벨 투입 과정에서부터 갖가지 갈등과 방해 공작처럼 보이는 미심쩍은 일들도 있었던 바, 그런 일이 없었다면 작업 가능 시간이 더 늘어날 수 있다는 주장을 할 수도 있다. 그러나 일단 그날의 결과만을 놓고 보더라도 구조 작업 시간이 확연하게 늘어나지 않았는가 말이다.

단 1분이라도 작업 가능 시간을 늘릴 수 있다면 무슨 수단이든지 강구해야 할 판국에 20~30분밖에 안 되던 작업 시간을 2시간으로 늘렸는데 실패라니?

20시간을 장담하다가 2시간만 작업했기 때문에 실패란 말인가? 아니면 그 2시간 동안 작업을 하면서 단 한 사람도 구조하지 못했기 때문에 실패란 말인가? 이 무슨 말도 안 되는 단세포적인 논리인가? 다이빙 벨 투입이 싫다고 말하는 것이 오히려 솔직하지 않은가?

다이빙 벨을 철수시키면서 이종인 씨는 이런 취지의 말을 했다.

"혹시 일이 잘 되면 홍보 효과로 사업에 도움이 좀 될까 해서…."

방송에서 그 말을 듣는 순간 그분에게 얼마나 미안한 마음이 드는지.

[세월호] 26.6×20.2cm 종이에 수채, 콜라주 ▷

침몰

그저 바라보고만 있었다

세월호라는 이름의 배가
300여 명의 산목숨을 실은 채
보란 듯이
그렇게 천천히 가라앉을 때

나라는
우왕좌왕
멀뚱멀뚱
그렇게 바라보고만 있었다

백성들은
가슴을 치며
눈물을 훔치며
그렇게 바라보고만 있었다

동아시아의 작은 나라 그러나,
지구상에서 유일하게 제2차 세계대전 후 원조를 받는 나라에서 주는 나라
로 바뀐 경제 대국, 스포츠 강국, IT 강국, 세계 수학·과학 경시대회 1, 2위
를 다투는 나라, 바야흐로 한류가 세계를 휩쓸고 있는 자랑스러운 우리의
조국 대한민국이

2014년 4월 16일에
그렇게 천천히
가라앉는 모습을
우리 모두 그저 바라보고만 있었다

아이들아, 꽃 같은

김홍균 작사 작곡

아 이 들 아 - 꽃 - 같 은 꽃 - 같 은 - 아 이 들 아 아 이

들 아 - 별 - 이 된 별 - 이 된 - 아 이 들 아 거 친

물 결 어 두 운 바 닷 속 흐 느 끼 던 가 녀 린 너 의 넋 노 랑

나 비 날 갯 짓 따 - 라 반 짝 이 는 별 빛 이 기 도 하

는 마 음 속 에 다 시 살 아 - 함 께 하 는 별 -

이 된 - 아 이 들 아 꽃 - 같 은 - 아 이 들 아

33. 소녀상

사춘기 소녀의 꿈은 얼마나 고왔을까? 가슴 설레던 풋사랑 추억이 있었을지도 모른다. 갓 피어오르는 꽃봉오리처럼 싱그러운….

나라 잃은 백성이었던 것이 죄라면 죄일 것이다.

속아서 끌려간 이역만리 전쟁터. 군인들의 성 노예가 된 어린 소녀들. 처참하게 뭉개졌을 가슴속 고운 꿈. 전쟁이 끝난 후에도 고향에 돌아올 수가 없었을 소녀들. 끝내 다시 볼 수 없었던 고향 하늘. 고향에 돌아왔다 해도 긴 세월 숨죽이며 살아왔을 소녀들. 우리들의 어머니, 할머니, 아니 바로 우리 자신들!

못난 조상을 둔 탓일까? 나라를 뺏긴 백성들이 당한 설움일까? 그렇게 치부하고 넘어갈 일이 아니다. 소녀들을 전장의 성 노예로 만들어 버린 것은 명백히 반인륜적인 범죄이다. 잘난 조상을 가진 백성들은 그런 일을 저질러도 괜찮다는 말인가? 그 잘났다는 나라에게 범죄에 대한 책임을 묻고 배상을 요구하는 것은 당연한 일이다.

그들은 뻔뻔하면서 간특하기도 하다. 어떻게든 위안부 문제를 감추려고 한다. 감추다가 안 되면 돈으로 해결하려 한다. 절대로 "잘못했다. 미안하다."라는 말은 하지 않는다.

하기는 우리나라를 36년간이나 지배해 놓고도 "침략"이라고 하지 않고 "진출"이라고 교과서에 기술하고 있는 그들에게 위안부 문제에 대해 사과를 받을 수 있으리라는 기대를 하는 것 자체가 무리일지도 모른다.

그래도 우리는 꾸준히 요구해야 한다. 그것이 바른길이므로.

이제 너무나 나이가 들어 버린 그 소녀들. 세상에 남아 있을 물리적인 시간이 얼마 없는 순간에, 소녀상을 만들자고 맨 처음 생각했던 사람은 누구일까? 영원한 생명으로 다시 태어나 다소곳이 의자에 앉아 있는 소녀의 모습. 웅변보다 강한 침묵으로 모든 것을 말해 주고 있는 그 모습. 그들도 미처 예상하지 못했으리라는 것을, 그들의 신경질적인 반응에서 충분히 알 수 있다. 얼마나 껄끄러우면 대사관 앞 소녀상을 치워 달라고 생떼를 쓰다시피 하는 것일까?

그러나 그들은 소녀상을 보고 깨달아야 할 것이다. 저리도 순수한 소녀의 삶을 짓밟은 것이 얼마나 큰 죄악인가를. 그리고 진실로 참회하고 용서를 빌 때 소녀는, 그리고 우리 민족은 그들이 내미는 손길을 맞잡아 줄 수 있다는 것을.

[소녀상] 26.6×20.2cm 종이에 수채, 연필, 펜 ▷

소녀상

내가 앉아 있는 곳은
일본 대사관 앞 공터가 아니라
우리 겨레의 가슴속인데

내가 듣고 싶은 말은
최종적이고 불가역적인 정치적 합의가 아니라
미안하다는, 진심 어린 사과 한마디인데

어린, 철모르던 그 어느 날 날벼락처럼 찢기어 조각나 버린 내 영혼 짓뭉
개진 삶의 파편들을 부둥켜안고 말없이, 눈물조차 사치스러워 그저 말없
이 견뎌내야만 했던 한 생애
　질곡의 긴 세월을 삭이고 또 삭여 그리하여 마침내 고향 하늘 다시 푸르
고 오늘, 순결한 모습으로 이렇게 앉아 있느니
　누가, 언제 구걸이라도 하였더냐? 세상이 다 아는 치욕스런 만행을 손바
닥으로 하늘을 가리듯 부정하면서 귀찮은 듯 던져 주는 돈다발이라니!

나의 시선은
통한으로 얼룩진 과거가 아니라
용서와 화해의 미래를 응시하고 있는데

나의 마음은
그 옛날 앳된 소녀의 파릇한 꿈
그대로인데

소녀의 꿈

김홍균 작사 작곡

뒷 동산봄 - 언덕에　진달래붉게피 - 면　나물
벼 익는들판너 - 머　능 금빛노을이지면　피어

캐 던섬섬옥 - 수　정 답던옛동무 들　얼마
나 는저녁연 - 기　그 리운부모형제　얼마

나 긴세월이었 나　서 리내려성근머릿 결　깊은
나 먼귀향이었 나　지 워져흩어진인연 들　슬픈

주 름속에새겨진　지 난날의상 - 흔이여　단발
눈 길속에머무는　피 지못한사 - 랑이여　저고

머 리곱게빗 - 은　해 맑은소녀의꿈은　말순
리 깃곱게여 - 민　연 분홍소녀의꿈은

없 는가슴속 - 에　여 전히파롯한 데
결 한가슴속 - 에　아 직도수줍은데

34. 촛불과 태극기

주관적인 신념은 때론 객관적 사실과 합리적 논리를 거부하기도 한다. 하기야 세상에 어떤 생각인들 완벽하게 객관적이며 합리적일 수 있을까만.

2016년. 광화문에서 촛불이 타올랐다. 그 결과 박근혜 대통령은 탄핵되었다.
2019년. 광화문에서 태극기가 물결쳤다. 현재 조국 전 장관과 관련된 재판이 진행 중이다.

촛불과 태극기 집회—'태극기 집회'라는 표현이 타당한가에 대해서는 여기에서 논하지 않겠다—는 현재 우리 사회의 갈등을 적나라하게 보여 주고 있다. 양자 사이에는 진보와 보수, 좌우의 진영 논리까지 더해져 서로 첨예하게 대립하고 있으며, 이에 동조하는 국민들의 생각 또한 양쪽으로 갈라져 있다.

아무런 갈등이 없는 사회는 누군가의 표현처럼 '무덤 속과 같은 평온'일 수 있다. 갈등은 토론의 소재가 되고, 치열한 토론을 통해 우리 사회는 보다 성숙해질 수 있다고 나는 믿는다.

"새는 좌우의 날개로 난다."라는 말은 이미 우리에게 익숙해져 있다.

'촛불 집회'는 나라의 모습을 정상적으로 되돌리기 위해 타올랐다고 주장한다.
'태극기 집회'는 정의로운 사회를 만들기 위해 물결쳤다고 주장한다.

서로의 주장에 대한 반박 논리 또한 치열하다. 그러한 논쟁은 나쁘지 않다고 본다. 서로 다른 견해를 가진 사람들이 이성적으로 논리를 다툴 수 있는 사회는 건강하다.

다만, 나는 태극기 집회를 지지하는 사람들의 '색깔론'은 경계한다.

남과 북의 체제 대결은 오래전에 우리 대한민국의 압승으로 끝났다. 북한은 이미 경쟁의 상대가 아닐진대 체제의 지향성을 묻는 '종북'이나 '빨갱이' 타령은 시대착오적이다.

대북 정책에 대해 포용적인 주장을 할 수도 있고 강경론을 펼 수도 있다. 두 가지 주장 모두 그에 따른 수많은 논리적 근거를 제시할 수 있을 것이다. 거기까지면 참 좋겠다.

한 걸음 더 나아간 색깔론은 편을 갈라 버린다. 이성적 논쟁의 여지를 없애 버린다. 그냥 대한민국 편이냐 북한 편이냐만을 강요한다.

태극기 집회의 지지자들 중에는 좌파가 정권을 잡으면 나라를 공산주의로 만들어 버릴 것이라는 걱정을 하는 사람들이 많은데, 들어 보면 놀랍게도 그러한 걱정은 그들의 진심이었다. 신념처럼 느껴졌다. 그러한 신념은 쉽게 바뀌지 않을 것 같았다.

나는 대북 강경론을 주장하는 사람들의 생각을 이해한다.

6·25 전쟁을 일으켜 수많은 동족을 죽음으로 내몰았고, 핵무기를 포기하겠다고 해서 우리가 경수로 지원까지 해 주었는데 그 약속도 저버린 채 핵무기를 개발하는 등 끊임없이 대한민국을 위협하는 저들을 도저히 믿기 어려울 것이다.

그러나, 그렇다고 하더라도, 포용적인 대북 정책을 주장하는 사람들을 북한의 김정은에게 나라를 바치려 하는 종북 세력이나 공산주의자로 몰아 버리는 주장은 지나치다.

언젠가 통일되어 같이 살아가야 할 같은 민족인데 북한을 배척하는 것보다 끌어안는 정책이 평화통일로 가는 길이라는 주장도 충분히 설득력이 있지 않은가?

다르다는 말은 틀렸다는 말이 아니다. 내 생각이 맞기 때문에 다른 생각은 틀린 것이라는 논리는 경솔하다. 내 생각만 옳고 다른 생각은 그르다는 주장은 아집이다. 그러한 아집이 신념처럼 자리 잡으면 소모적인 갈등과 혼란만 초래하게 될 것이다.

틀린 것은 맞게 수정되어야 한다. 그른 것은 옳게 바로잡아야 한다. 그렇게 하기 위해서라도 나와 다른 생각에 대해서 그 다름을 이해하려는 노력이 우선된다면 얼마나 좋겠는가?

물론 양자 모두에게 똑같이 해당되는 말이다.

자신과는 다른 생각을 이해하려는 자세가 얼마나 성숙한 우리의 모습인지 상상해 보라.

북한의 핵무기는 위협적이다.

한반도의 완전한 비핵화는 진보와 보수, 좌우의 진영 모두가 진심으로 바라고 있지 않은가? 다만 그 방법론이 서로 다를 뿐.

다시 한번! 생각이 다르다고 틀린 것은 아니다. 다른 것이 그른 것은 아니다.

색깔론을 부정하는 나의 생각 또한 누구에게는 참으로 답답한 신념으로 비칠지도 모르겠다.

그래서 다음과 같이 내 마음을 정리해 본다.

"민주주의에는 다양한 의견이 존재하는 바 각자의 신념 또한 하나의 의견이다."

[광화문 풍속도] 21.0×29.7cm 종이에 수묵 담채

터산(攄山) 오창성(1949~)

안동교육대학 졸업, 한국교원대 대학원 졸업, 전 마산중앙초등학교 교장.
한국미술교육학회 부회장 역임, 현 오방사유운동본부장.
황조근정훈장, 마산시문화상 수상, 개인전 10회, 단체전 다수.
대학원 동기이다. 오방사유운동을 실천하는 방안으로 현재 23km에 이르는 두루마리에
붓으로 성경을 필사하고 있다.

촛불—2016

그래
하나의 촛불은 약하지
살랑바람에도 흔들리고
내 몸도 다 비추지 못한 채
꺼져 버릴지도 몰라

그런데
두 개의 촛불은
조금 더 밝고
조금 더 강해서
그래서
외로움이 덜할 거야

그 촛불이
백 개, 천 개, 만 개
아니
백만 개, 천만 개가 되었을 때
온 나라가 환해졌어
태풍에도 끄떡없는 것이 아니라
촛불이 바로 태풍이 되어 버렸지

온 나라를 덮어 버린
우리의 촛불은 그렇게
태양보다 환하게
태양보다 뜨겁게
겨레의 마음을 밝히고 녹여
그래서

우리의 나라는
바로 우리였고
우리가 바로
우리의 나라였음을

그 작고 가냘픈 하나의 촛불이
함께 불타오를 때!

가루의 힘

김관식 시   김홍균 작곡

밀 알 이 밀 알 끼 리   붙 어 있 는 것 을 보 았 는 가

쌀 알 이 쌀 알 끼 리   붙 어 있 는 것 을 보 았 는 가

밀 알 이 나 쌀 알 이 비 로 소   가 루 가 되 었 을 때

가 루 가 되 었 을 때 서 로 잘 섞 여

밀 알 은 밀 가 루 빵 이 되 고 쌀 알 은 쌀 가 루 떡 이 되 듯

우 리 가   우 리 를   사 랑 한 다 는 것 은

진 정 으 로 - 진 정 으 로 -   너 와 내 가 아 닌

서 로 가 서 로 의   가 루 가 되 는 일 이 다

2020. 3. 김홍균

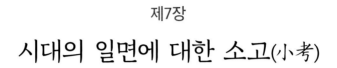

제7장

시대의 일면에 대한 소고(小考)

◁ **[무궁화]** 31.0×46.8cm 종이에 연필

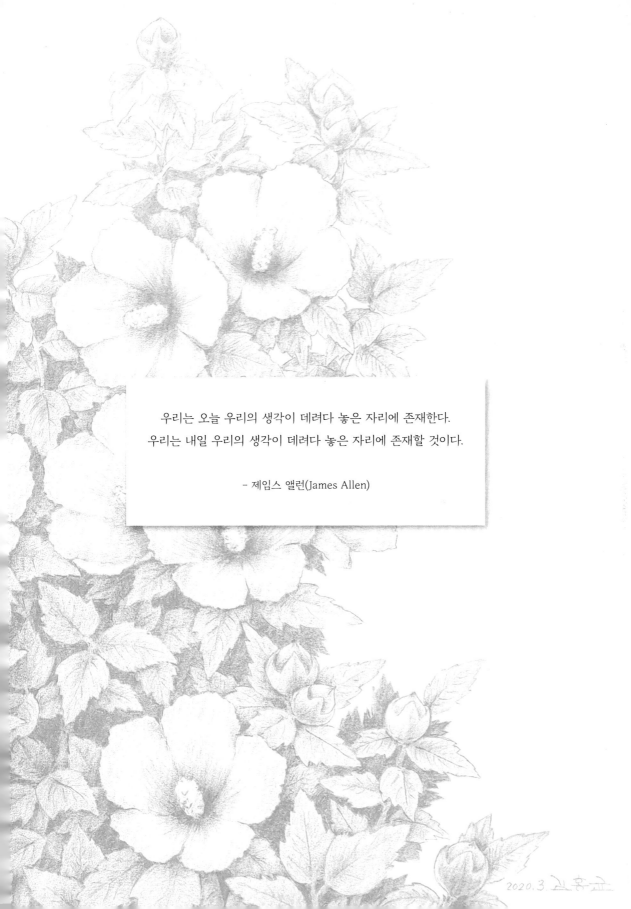

우리는 오늘 우리의 생각이 데려다 놓은 자리에 존재한다.
우리는 내일 우리의 생각이 데려다 놓은 자리에 존재할 것이다.

– 제임스 앨런(James Allen)

2020. 3.

35. 이 시대의 철학

안빈낙도(安貧樂道)는 옛 선비들의 청렴한 정신일까, 아니면 패자의 자기 합리화일까? 이 말은 자본주의 시대를 살아가는 사람들에게도 삶의 이정표가 될 수 있을까?

어릴 적에 읽었던 위인전 중에서는 부자가 주인공인 것을 본 적이 없다.

"황금 보기를 돌같이 하라."라는 최영 장군 아버지의 말씀은 교과서에도 나온다.

돈을 벌어 부자가 되는 것은 그 또한 물론 좋은 일이겠지만, 존경받는 사람이 되는 것과는 상관이 없는 일이었다.

정신적 가치가 물질적 가치를 단연 앞서던 내 어린 시절 우리나라의 모습이다.

언제부터였을까?

후진국이었던 우리나라가 이른바 압축적 경제성장 과정을 거치면서, 사회적 가치의 정점에는 어느덧 '돈'이 자리 잡게 되었다.

빌 게이츠(Bill Gates), 마크 저커버그(Mark Zuckerberg) 등 세계적인 갑부들의 성공 사례는 자라나는 어린이들의 꿈이 되었다.

컴퓨터라는 기계가 지배할 시대 상황을 남보다 빨리 파악하고 그에 필요한 시스템을 만들어 낸 그들의 창조성은 인정받을 만하다. 또한 그들은 갑부가 된 뒤에도 거금을 기부하는 등 사회의 지도층으로서 모범을 보이고 있는 바 이 또한 존경받아 마땅한 일이다.

그렇지만 나는 자라나는 어린이들이 그들을 배우면서 돈을 많이 버는 것이 곧 성공이요, 존경받는 길이라는 확신을 갖게 되면 어쩌나 하는 구닥다리 늙은이 같은 걱정을 해 본다.

건물주가 되는 것이 장래의 꿈이라는 청소년이 많아진 요즈음이 아닌가?

유교적 사상을 치국(治國)의 기반으로 삼은 조선 시대에는 정신적 가치가 절정을 이루었다.

한양의 사대문에 인의예지(興仁門, 昭義門, 崇禮門, 弘智門)로 이름을 붙이지 않았는가?

나라와 백성을 다스리는 철학을 짐작할 수 있다.

그 시대에는 반상(班常)을 막론하고 유교적 철학이 몸에 배어 있었다.

인간의 도리를 앞세운 조선 시대의 철학은 그러나 사농공상(士農工商)이라는, 직업에 따라 신분의 귀천을 나누는 우를 범하고 만다.

고고한 정신을 앞세운 나머지 실생활에 필요한 물질을 천하게 여긴 것이다.

그 시대에도 어찌 돈이 필요하지 않았겠는가?

생활에 필요한 물질의 중요성을 인정하면서도 인의예지의 정신을 얼마든지 펼칠 수 있었으련만 인간으로서 마땅히 행해야 할 도리를 논하면서 직업에 따라 신분의 귀천을 나누다니!

물론, 천출이나 노비 제도와 같은 반인륜적인 제도는 커다란 시대적 문제였다. 또한 반상의 엄격한 구분도 비판받아 마땅하다. 거기에 더하여 직업에서도 귀천을 따졌다는 것은 조선이 표방한 유교 사상의 허점을 여실히 드러내는 것이라고 나는 생각한다.

또 엄밀히 말해 보자면 청렴과 안빈낙도를 즐겼다던 유교적 선비 정신도 위선인 경우가 많았을 것이다. 탐관오리들의 행태에서 그런 위선의 흔적을 얼마든지 엿볼 수 있다.

그럼에도 불구하고 우리의 옛날에는, 비록 위에서 언급했던 커다란 약점들이 있었을망정 정신적 가치를 물질보다 더 높은 곳에 두었었다. 그런 철학이 사회를 지배하고 있었다.

기계문명의 발전과 자본주의 시장경제의 도입으로 세상은 옛날과 비교할 수 없으리만치 물질적인 풍요를 누리게 되었다.

세상의 많은 일들이 돈으로 해결되기에 사농공상의 맨 뒤에 있던 상(商)이 어느덧 맨 앞자리에 위치하게 된 요즈음 세상이다.

부자가 모든 면에서 주인공이 되고 있는 세상이다.

그렇게 돈의 가치가 높아진 것은 너무나도 당연한 시대의 흐름일 수 있다.

아무리 그래도, 물질이 세상을 지배하는 이 시대에도 정신적 가치를 추구하는 철학이 있었으면 좋겠다는 생각을 해 본다. 그런 철학이 이 시대를 살아가는 모든 사람들의 가슴속에 자리 잡고 있었으면 좋겠다는 생각을 해 본다.

"돈은 좋은 하인이며 나쁜 주인이다."라는 격언처럼, 아무리 자본주의 시대이지만 돈은 목적이 아닌 수단이 되었으면 좋겠다.

인간의 경제적 성공이 아닌 인간 그 자체를 알고자 하는 철학이 있었으면 좋겠다.

[수석(묵상(默想))] 39.0×18.0×32.0cm 낙월도 산

만기뎐

만기 나이 서른에 가라사대,

"하루 스물네 시간 중에 잠자는 시간, 일하는 시간, 밥 먹는 시간 등등을 모두 빼고 그야말로 순수하게 노는 시간만 따로 모아 계산해 보니 앞으로 평생 놀 날이 삼 년밖에 안 남았더라" 하였더라, 그러고는

날마다 술과 도박과 여자를 밝히며 온갖 잡놈 짓거리는 다 하고 사는데

나이 칠십이 넘도록 변함이 없는 그 확고한 인생관이 어떨 때는 솔직히 부럽기도 하더라

호롱불

김홍균 작사 작곡

깊 어 가 는 겨 - 울 밤

사 - 랑 방 호 - 롱 불

도 란 도 란 이 - 야 기

하 얀 눈 내 리 는 밤

36. 기술에 대한 인식

　자라 오면서 "기술에 관한 한 우리나라는 일본을 따라잡을 수 없다."라는 말을 수없이 들어왔다. 지금도 그런 말을 하는 사람들이 많다. 정말 그럴까?

　독일은 서양 최초로 금속활자를 만든 구텐베르크(Gutenberg)를 자랑한다. 그의 이름을 딴 광장에 동상도 세워져 있다고 한다.
　그러나 그보다 200년이나 앞서 그야말로 세계 최초로 금속활자를 만들었다고 자랑스러워하는 우리는, 정작 그 금속활자를 만든 사람의 이름을 알지 못한다.
　기술자를 대하는 모습이 이렇듯 다르다.

　어디 금속활자뿐이던가?
　비록 지금은 도자기를 '차이나(china)'로 부르고 있지만 고려 시대에 지구상에서 도자기를 만들 수 있는 나라는 고려와 송나라밖에 없었다.
　그러나 우리나라의 도공들이 어떤 대우를 받았는지 우리는 역사 시간에 배워 알고 있다.
　임진왜란 때 왜군들은 왜 그 천한 도공들을 잡아갔을까?
　그렇다.
　임진왜란 당시 왜의 기술은 우리나라를 따라올 수 없었다.
　왜군은 소총(조총)을 수입해서 사용하였으나 이순신 장군이 이끄는 해군은 대포(천자총통, 지자총통)를 만들어 사용하였다. 해전에서 대포의 위력을 어찌 소총 따위에 비교할 수 있으랴. 더하여 충무공의 지략과 전술이 왜군을 압도한 바, 세계 해전사상 유례없는 23전 전승을 기록하게 된다.
　그렇게 우리나라는 기술적인 면에서 단연 일본에 앞서 있었는데, 어찌하여 왜란 이후 불과 300여 년 만에 일본에게 나라를 빼앗기는 수모를 당하게 되었을까?
　수없이 많은 이유를 들 수 있겠지만, 기술자들을 대하는 문화의 차이 또한 커다란 원인이 되었을 것이다. 일본인들은 도공들에게 합당한 대우를 해 주었으리라. 지금도 그들은 기술을 중요하게 여기지 않는가? 그러한 일본의 문화가 우리나라를 재차 침략하여 지배한 힘의 원천이 되었을 것이라고 나는 생각한다.

　우리의 모습은 어떠한가?
　세계 최고 수준의 기술자들을 천하게 여기지 않았던가?
　어찌 옛날뿐이랴.
　국제기능올림픽에서 우리나라는 1977년부터 1991년까지 기능올림픽 사상 초유의 9연패를 달성한다. 그만큼 우리 민족의 기술력은 세계 제일이라고 해도 결코 과언이 아니다.
　그러나 우리들은 아직까지도 '기름'보다 '먹물'을 선호하고 있지 않은가?
　독일에서는 고등학교 때 적성검사를 하여 기술에 소질이 있는 학생이 대학 진학보다는 기술 쪽의 직업을 택하도록 학교에서 권유하고, 학부모들은 그에 따른다고 한다.

그런데 현재 우리나라의 경우 학교에서 "이 학생은 기술적 소질이 뛰어나니 대학에 진학하는 것보다 기술자의 길을 걷도록 하라."라고 권유한다면 순순히 받아들일 학부모가 있을까?

만약 기술자에 대한 대우가 대학을 졸업한 사무직에 대한 대우보다 좋아진다면, 적어도 사회적으로 둘 다 동등한 직업이라는 공감대가 형성된다면, 가능한 일일 것이다.

크든 작든 기술은 사회 발전의 원동력이며 나아가 국력의 기반이 된다.

1945년 제2차 세계대전에서 일본은 패망했으되 그들은 당시에 항공기와 항공모함을 만드는 기술까지 보유하고 있었던 바, 불과 30~40년 후에 세계적인 경제 대국으로 발돋움한다.

그에 반해 해방은 되었지만 그야말로 아무런 기술적 바탕이 없던 우리나라는, 그러나 현재 반도체를 비롯한 전자 분야에서 일본을 추월하고 있다. 앞에서도 기능올림픽을 예로 들어 언급했거니와, 우리나라 사람들의 기술력이 그만큼 우수하다는 반증이 아닐 수 없다.

일본을 따라잡고 싶은가?

장담하건대 기술을 중요하게 여기는 문화만 정착된다면 그것은 시간이 문제일 뿐이다.

[빗길] 52.0×38.0cm 종이에 수채

동천(東泉) 홍석영(1949~)

서울교육대학 졸업, 홍익대학교 교육대학원 졸업, 전 서울양전초등학교 교장,
전 서울금북초등학교 교장, 전 서울초등미술교과연구회 회장.
서울초등미술교과연구회에서 같이 활동했다. 선비 같은 성품으로
교감, 교장의 길을 한 발 앞서 걸으면서 부족한 나를 이끌어 주었다.

화순 핑매바위 고인돌

그대
영원을 꿈꾸었는가?

백 년도 살지 못한 몸뚱이가
흙으로 돌아갈 때, 영혼은
이 거대한 바위의 모습으로
나 여기 이렇게 있노라고
긴긴 세월
그리하여 지금 우리가
마주하며 묻고 있는 이 순간
그날과 오늘이 하나로 이어져

그대의 꿈은
이루어지고 있는가?

풀잎

김관식 시 김홍균 작곡

풀잎은 아침마다 마알간 이슬거울을 거울을 올려놓는 다 -

동그란 거울속에 아름답게 보이는 맑고푸른 동그란 세 상 -

햇 살 - 이 들여다보고 반짝반짝눈을 깜박거리면

부끄러워 사라지는새침뜨기 이웃집 분이같은

얄미운소 - 녀 풀잎은맑 - 은날 맑은날 아침이 - 면

이슬거울을 들여다보고 머리를빗는 다 -

37. 양극화

불환빈 환불균(不患貧 患不均) ─ 백성들은 배고픔보다 균등하지 못한 것에 분노한다. 인간의 심리를 참으로 정확하게 꿰뚫어 본 말이다.

『논어』에 "(위정자는) 백성들이 균등하지 못함을 걱정해야 하며 가난함보다는 안정되지 아니함을 걱정해야 한다."라는 글귀가 나오고 송나라 유학자 상산이 "불환빈 환불균"을 언급하였던 바, 정약용의 『목민심서』에도 이 말이 인용되고 있다고 한다.

예나 지금이나 불균등, 특히 경제적 불균등은 존재해 왔으며 그것은 언제나 사회적 불안 요소로 작용해 왔음을 극명하게 보여 주는 말이다.

어느 사회에나 그 사회가 정해 놓고 있는 경쟁의 규칙이 있을 것이다. 모든 사람들은 그 규칙의 테두리 안에서 나름대로 열심히 노력하겠지만 그 결과는 항상 균등하지 않다. 반드시 성패와 우열이 가려지게 되며 그에 따라 양극화는 생겨날 수밖에 없다.

성공한 사람들은 당연히 자신이 축적한 부가 정해진 규칙 안에서 열심히 노력한 결과라고 말할 것이다. 그 말은 맞다.

반면 성공의 대열에서 밀려난 사람들은 이미 정해진 사회의 규칙이 불합리하다고 주장할 수도 있다. 이에 대해서는 사회적 논의가 필요하다고 본다.

문제는 경제적 양극화가 심화될 경우 가난한 사람들은 정해진 규칙의 합리성을 논하기에 앞서, 경제적 불균등 자체에 대해 분노를 느끼게 될 수도 있다는 점이다. 이는 분명히 사회적 불안 요소로 작용할 것이다.

지난날 공산주의 사상이 세계를 휩쓸었을 때 특히 가난한 사람들이 이에 열광했던 것은 마르크스의 이론이 그만큼 타당했기 때문이겠는가, 아니면 마음속에 내재된 경제적 불균등에 대한 분노였겠는가? 나는 후자라는 생각이다.

경제 발전적인 측면에서 보자면 개개인의 잠재력을 최대한 끌어낼 수 있는 자본주의 체제가 공산주의와는 비교할 수 없을만큼 우월하다. 공산주의 이론은 허구이다.

다만 무한 경쟁으로 인해 생겨나는 양극화는 사회적 불안을 야기할 가능성이 높다.

이 시점에서 정부가 관여해야 할 당위성이 생기는데, 그러한 정부의 관여는 반드시 사회적 합의를 바탕으로 이루어져야 한다.

그리고 사회 구성원들은 그 사회적 합의를 위해 항상 논의하는 자세를 가져야 할 것이다.

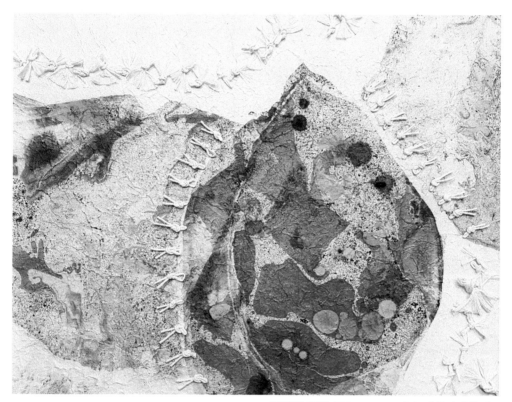

[여행의 기쁨] 53.0×72.7cm 캔버스에 한지, 혼합 재료

이희숙(1961~)

청주교육대학 졸업, 국민대 교육대학원 졸업, 전 서울양화초등학교 교장.
전 서울미술교과연구회 회장, 현 서울영도초등학교 교장.
아르엔전, 초미연전, 교원미전 등.
서울초등미술교과연구회에서 같이 활동했다. 매사에 헌신적이며
회장을 맡아서 연구회의 중흥 발전에 많은 공헌을 했다.

그냥 살지요

누군들
알고 살겠습니까?
안다면 그렇게들 살겠습니까?

삶이 무엇인지는 모르지만
어차피 태어났기에
그냥 사는 거지요

그래도
이왕 사는 거
알든 모르든
밀려드는 세파 헤쳐 나가며
열심히 살아야겠지요

혼자 피는 꽃

김흥균 작사 작곡

바 위 틈 에 숨 어 서 혼 자 피 - 는 꽃 -
오 는 사 람 없 어 도 외 롭 지 - 않 아 -

해 종 일 아 - 무 도 찾 는 이 - 없 고 -
밤 이 면 풀 벌 레 들 노 래 부 - 르 고 -

산 새 들 도 구 름 도 그 냥 가 - 는 데 -
둥 근 달 님 환 하 게 웃 고 간 - 뒤 에 -

실 바 람 가 만 가 만 몸 을 흔 - 드 네 -
멀 리 서 아 기 별 님 반 짝 거 - 리 네 -

38. 요즘 아이들은

한 고고학자가 바위에 새겨진 고대 문자를 해석하였는데 그 내용이 이러했다고 한다. "요즘 아이들은 버릇이 없어 큰일이다."

내가 어렸을 때도 그랬다. 어른들이 "요즘 아이들은 버릇이 없어 큰일이다."라고 하는 말을 가끔 들었었다. 무언가 젊은이들의 행동거지가 마음에 들지 않았기 때문일 것이다. 1970년대에는 청소년들이 장발을 하고 청바지를 입는 것에 대해서도 "요즘 젊은것들은 버릇이 없다."라는 말을 들어야 했다. 물론 당시 내 또래의 젊은이들은 어른들의 그런 걱정에도 전혀 아랑곳하지 않았다. 그러던 내가 어느덧 어른이 되어 가끔씩 이렇게 말하게 된다.
"요즘 아이들은 버릇이 없어 큰일이야."

정말이지 요즘 아이들은 지나치게 폭력적인 행동을 많이 한다. 범죄 수준으로 다루어야 할 사례들도 빈번히 발생하고 있다. 무엇이 우리 청소년들을 이렇게 만들어 버렸을까? 이유를 대자면 수도 없이 많겠지만, 가장 큰 원인으로 나는 미디어(media)를 꼽는다. 텔레비전이나 영화 그리고 인터넷 등을 통해서 청소년들은 정말 너무나 많이 선정적이고 폭력적인 장면을 접하게 되는 바, 어찌 그 영향에서 자유로울 수 있겠는가? 사람을 가급적 잔인하게 죽이는 장면에 익숙해지는 만큼 생명의 소중함에 대해 둔감해지는 것은 자명한 일이 아니겠는가? 자신에게 매를 맞고 피를 흘리는 후배를 보며 "피 냄새가 좋다."라고 말했다는 여중생 폭행 사건을 뉴스에서 대하면서는 그냥 할 말을 잃게 된다.

변명 같지만 나 어렸을 때 어른들이 걱정했던 것은 젊은이들의 폭력성이 아니고 일상생활에서의 풍습이나 예의범절에 관한 문제들이었다. 물론 그 옛날에도 청소년의 폭력 사건은 있었다. 그렇지만 어쩌다 가끔 발생하는 그런 사건들이 지금처럼 일반적인 사회적 현상으로 인식되지는 않았다. 옛날 어른들이 걱정했던 장발이나 청바지 같은 것들이 오늘날에는 일반적인 사회적 현상으로 자리를 잡은 것처럼, 혹시라도 지금 걱정되는 청소년들의 폭력적 행동이 먼 훗날에는 사회 구성원들이 용납하는 행위가 될 수도 있을까?
절대 그럴 리가 없는 것이, 사회적 풍습이나 예절은 시대에 따라 얼마든지 변할 수 있으나 폭력은 어느 시대를 막론하고 반인간적인 범죄 행위이기 때문이다.
그나저나 지금 청소년들이 어른이 되는 그날에, 그들은 자신들의 후예인 청소년들의 어떤 행위를 보고 "요즘 아이들은 버릇이 없어 큰일이다."라고 말할 것인가?

[바람] 9.5×22.8cm 종이에 수채, 펜

독백

다 알려고 하지 말자
네 마음을
생각을 해도, 해도
모르겠거든
그냥
그러려니 하고
빙그레 웃자

다 알리려 하지 말자
내 마음을
설명을 해도, 해도
아니 듣거든
그만
되었으려니 하고
빙그레 웃자

회상

김홍균 작사 작곡

산 - 굽이 감고돌아 강물은바다로흘러가고

산 - 마루 넘 - 어온 바람도강물을따라가고

날 저무는 언덕에서 붉은노을을바라보면

지 나 온 날 들 의 잊 지 못 할 고 운 꿈 들 이

가 슴 속 에 피 어 난 다 별 처 럼 빛 나 던 시 절 이 여

樂

39. 인간이라는 종(種)

무한한 우주를 인식할 만큼 인간의 머리는 우수하다. 지구가 망가져 가는 모습을 보면서도 지속적으로 환경을 오염시켜 갈 만큼 인간의 마음은 탐욕스럽다.

결코 멈추지 않을 것 같다.

수많은 사람들이 지구의 오염에 대해 경고성 메시지를 내놓아도, 사람들이 환경오염을 걱정하느라 돈 되는 일을 망설이지는 않을 것이다.

지구 온난화가 가져올 재앙을 아무리 설명해도, 빙하가 녹는 모습이 눈앞에서 펼쳐져도 사람들은 석유를 뽑아내고 석탄을 연료로 사용한다. 미세먼지로 숨쉬기가 힘들어져도 나 또한 매연을 내뿜는 자동차를 몰고 다닌다. 플라스틱으로 인해 바다 생물이 죽어 가는 모습을 보면서도 우리는 플라스틱 빨대를 사용하여 음료수를 빨아들인다.

지구의 역사를 고스란히 간직하고 있는 지층을 살펴보면 어느 순간 많은 종의 생물들이 갑자기 사라져 버리는 현상이 관찰되는 바, 이는 당시 지구 환경의 급격한 변화가 원인이라고 한다. 그 급격한 환경 변화에 적응하지 못한 생물들이 멸종되고 새로운 종의 생물들이 생겨나는 시점을 기준으로 지질시대가 구분되고 있다.

과학자들은 그 급격한 변화의 기간을 약 1,000년 정도로 추정하는 바, 인간들이 파괴하고 있는 지금의 지구는 그보다 훨씬 빠르게 변화되고 있다고 주장한다.

더구나 과거의 환경 변화는 자연에 의한 자연스러운 변화였다면, 우리가 살고 있는 이 시대의 환경 변화는 인간에 의해 자연이 파괴되는 변화라는 점에 그 심각성이 있다.

지구상에 수많은 생물의 종이 탄생되었다가 멸종되었지만, 스스로가 멸종의 원인이 되는 종은 인간이 유일할 것이라는 주장은 참으로 설득력 있게 들린다.

인간이 이루어 낸 문명이 자랑스러운가? 그 문명으로 인해 파괴되는 자연을 보라.

나만 살다 죽으면 그만인 세상인가? 우리의 자손들을 어떤 세상에서 살게 할 것인가?

한쪽에서 목이 쉬도록 외쳐 대는 이러한 목소리는 그러나 공허한 듯 메아리조차 없다. 지구가 병이 들든지 말든지 돈만 된다면 자본가들은 공해를 유발하는 제품을 끊임없이 만들어 내고, 우리들은 편리함을 앞세우며 그러한 제품들을 줄기차게 소비한다.

인간의 탐욕― 인류가 멸망하는 날까지 버리지 못할 것 같다.

[사랑의 애마] 80.0×52.7cm 혼합 재료

김영윤(1959~)

성신여자대학교 미술대학 졸업, 개인전 13회, 국내외 전시회 다수.
대한민국미술대전 특선, 목우회전 특선, 성남예총회장상 수상.
현 한국미협, 난우회, 상형전, 분당작가회 회원.
아내의 지인이다. 전업 작가로서 꾸준히 작품 활동을 하고 있으며
나의 개인전 때 많은 도움을 주었다.

은이 이야기 2—금희*

금희는 6학년 때
은이와 다른 반이 되었다

6학년 담임들이
의견을 모아
금희는 은이와 다시 한 반이 되었다

금희는
아침이면
자기 집보다 더 먼 은이네 집에 가서
소아마비로 두 다리가 불편한
은이와 함께 학교에 오고
학교가 파하면
은이네 집에까지
은이와 함께 갔다
연중 수업일수
220일을 함께 오고
220일을 함께 갔다
6년을 함께 오고
6년을 함께 갔다

졸업식 때
둘이 함께
6년 개근상을 받았다

지금 은이는 죽고 없는데
금희는
어디에서
누구를 데려다주고 있을까?

---

* 『도시락』 1권에 실었던 시.

제기풀

윤삼현 시 김홍균 작곡

고 향길 길섶에 넘치어핀제기 풀

네 풀내가좋 아 넉넉한잎사귀가 좋 - 아

한 다발엮어 양 발로차다가 툭 차올려 입에물어도보 고

머리에올려도보고 가슴에꼭 품 - 어도보 - 고

40. 신앙이란?

어느 종교 단체에 소속되었다는 것만으로 신앙인임을 증명할 수는 없다. 본인이 신앙인인지 아닌지는 오직 그 종교의 절대자와 자신만이 알고 있다.

신앙을 갖는 것은 오로지 자기 자신을 위한 일이다.

한 사람의 신앙은 아무도 끼어들 수 없는 자신과 절대자와의 개인적인 관계다. 자신의 신앙으로써 구원받을 수 있는 사람은 오직 자기 자신뿐이다. 타인을 위해 기도하는 것은 참으로 좋은 일이다. 그러나 궁극적으로 구원을 받는 일은 각 개인의 문제이다. 다른 사람의 기도가 아무리 절실해도, 본인 스스로가 구원의 조건을 충족시키지 못하면 그 사람은 결코 구원을 받을 수 없다. 그렇게 신앙은 개인적인 영역이며 자신 안에서만 존재의 가치가 있다. 따라서 누구든지 자신의 신앙을 다른 사람에게 강요하지 말 것이며 다른 종교를 폄훼해서도 안 된다.

신앙은 마치 어머니와도 같은 것. 누구나 내 어머니가 세상에서 가장 소중하지만, 내 어머니가 가장 소중하기 때문에 네 어머니는 내 어머니보다 덜 소중하다는 말은 옳지 않다. 나의 신앙과 다른 종교를 비교하는 순간 종교의 순수함은 깨져 버린다.

각자 자신의 종교를 선한 마음으로 믿으면 좀 더 좋은 세상이 될 것이다.

신앙인의 마음은 정갈해야 한다. 적어도 정갈해지기 위해 노력해야 한다. 참된 종교는 선(善)을 지향할진대, 어떤 종교를 믿는다는 사람이 자신의 마음을 정갈하게 하지 않고서 어떻게 신앙인이라고 할 수 있을 것인가? 자신의 마음이 어떠한지는 스스로가 매 순간 알 수 있지 않은가? 따라서 내가 참된 신앙인지 아닌지를 자신은 알 수 있으리라.

일반인도 그러할진대, 소위 종교 지도자라는 자들이 온갖 불미스러운 일을 저질러 사회적 물의를 일으키기도 하거니와 결단코 그들은 신앙인이 아니다. 신앙인을 가장한 사기꾼들이다.

석가도 예수도 모르는 할머니가 서낭당 돌무더기 앞에서 경건한 마음으로 두 손 모으는 행위가 어쩌면 진정한 신앙인의 모습일 수 있다고 나는 생각한다.

종교를 믿는다는 자들의 행동이 잘못되었다고 해서 그 종교를 나무랄 일은 아니다. 인간의 잘못된 생각과 행동은 사람 탓이지 종교의 책임이 아니기 때문이다.

"종교에 흠결이 많은 것은 인간에게 흠결이 많기 때문이다."

나는 신앙인이냐고? 아니다.

[Via Dolorosa] 60.5×120.5cm 캔버스에 혼합 재료

이도선(1953~)

서울교육대학 졸업, 홍익대학교 교육대학원 졸업, 전 서울재동초등학교 교장,
전 서울잠신초등학교 교장, 전 서울초등미술교과연구회 회장. 개인전 16회.
현 한국미협, KAMA, 광화문 아트포럼, 분당 작가회, 바실회 회원.
서울초등미술교과연구회에서 같이 활동했다. 수십 년 지기이다.
꾸준히 작품 활동을 계속하면서 요즈음은 목회자의 길을 걷고 있다.

염불

"아제아제바라아제 바라승아제 모지사바하"
아무리 뇌어 본들
좁은 머릿속
어지럽기만 하다

"번뇌 즉 열반"
어디서 얻어들었더라만
그러나
아는 것이 깨닫는 것은 아닐 터

"나무 관세음보살"
급할 때 찾아본들
세상사 어찌
마음대로 될 것인가?

그래도
아무 때나 입가에 맴도는
"옴마니반메홈"

보다(觀)

김홍균 작사 작곡

새 봄 이 왔 다 기 에 봄 을 찾 아 나 섰 네
부 처 님 있 다 기 에 임 을 찾 아 나 섰 네

산 에 도 들 - 에 도 봄 은 보 이 지 않 아
길 에 도 마 을 에 도 임 은 보 이 지 않 아

지 친 몸 이 - 끌 고 사 립 문 들 어 서 니
조 용 히 눈 을 감 고 손 모 아 합 장 하 니

울 안 에 매 화 꽃 곱 - 게 피 었 네
내 안 에 부 처 님 웃 - 고 계 시 네

231

樂

2020.5. 고송표

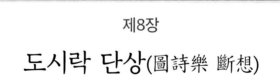

제8장

도시락 단상(圖詩樂 斷想)

◁ **[동백]** 31.0×46.8cm 종이에 연필

당신 자신을 그대로 드러낸다면 그게 바로 독창성이다.
왜냐하면 당신과 똑같은 사람은 없으니까.

– 마크 뉴슨(Marc Newson)

2020.5 고홍교

41. 창작의 조건

마르셀 뒤샹의 작품 「샘」은 기성품인 '소변기'를 예술의 반열에 올려놓았다. 예술에 있어서 창조적 아이디어가 얼마나 중요한가를 여실히 보여 주는 사례이다.

'화투 그림'을 그려 세간의 주목을 받던 조영남 씨가 재판에서 무죄를 선고받았다. 자신의 아이디어를 표현하기 위해 다른 사람에게 대부분의 작업을 시키고 자신은 마무리만 한 그림을 자신의 작품이라고 판매한 것이 사기죄에 해당하는 것인가에 대한 재판이었다. 판결문은 읽어 보지 못했으되 화가의 작업량보다는 아이디어를 더 중요시한 판결로 이해된다.

나는 이 판결에 대해 반쯤 동의한다.

창작이라고 해서 작품의 시작부터 끝까지의 모든 과정을 작가가 직접 담당해야 한다는 것은 한참 고루한 생각일지 모른다.

설치미술은 기존의 물건이나 작품들을 활용한다. 오브제는 예술과는 무관했던 물건에 작가가 의미를 부여함으로써 예술로 탈바꿈한다. 조각의 경우 기계의 힘을 빌리기도 한다.

충남 도전 초대작가인 대학원 동기 이춘호 작가의 멋진 석조 조각 작품을 보고 물어보았다.

"돌을 다듬어 이런 작품을 만드는 데 시간이 얼마나 걸리는 거야?"

"내가 찰흙으로 만든 모형을 공장에 의뢰해서 돌로 그대로 깎아 달라고 하지. 세밀한 부분은 옆에서 지켜보면서 지시하고." 나는 그런 작품이 창작품이라는 점에 대해서 동의한다.

회화의 경우는 어떨까?

대작을 제작할 경우 작가의 지시를 받은 조력자의 작업이 필요할 수도 있겠다. 그러나 일반적으로 회화는 작업의 시작과 끝이 온전히 작가의 몫이어야 한다고 나는 생각한다. 작가마다 사물 및 색채에 대한 감각과 붓놀림이 다르고 그에 따라 작품의 느낌 또한 달라지기 때문이다. 각기 다른 감각과 붓놀림이 작품의 개성으로 투영된다고 나는 믿는다.

그래서 나는 예술에 있어서 아이디어의 중요성을 인정한 앞의 재판 결과를 수긍하면서도, 조영남 씨의 작품 크기 정도라면 작가가 모든 작업을 직접 하는 것이 옳다는 생각도 함께 해 본다. 아이디어는 있으되 표현력에 자신이 없어 제작의 많은 부분을 의뢰할 수밖에 없었다면, 작품 제작 과정을 미리 솔직하게 공개했으면 좋았을 것이다. 그랬다면 그런 작품도 창작이라고 할 수 있는가 하는 논란은 또 있을 수도 있겠으되 재판까지 갈 일은 없었을 것이다.

"어른들이 화투를 멀리 하라고 했는데…"라는 조영남 씨의 말은 유머러스하다.

[백자의 숨결] 65.0×52.0cm 한지에 채색

김해진(1975~)

홍익대학교 동양화과 졸업, 서울교육대학교 대학원 졸업.
현 서울신용산초등학교 교사, 서울초등미술교과연구회 회원.
서울 중구청 미술대회 심사와 가온작가회 활동을 같이 했다.
작품도 작가의 성품을 닮아 해맑고 정갈하다.

어스름

그렇듯이,
먹물이 화선지에 스미듯이

유채화 풍경들이 담채화로 변하면서

어느덧
하늘과 땅이
수묵화로 잠겨들고

그렇거니,
내 몸 또한 그림 속에 서 있거니

짙어지는 어둠 속에 모든 모습 지워지면

마침내
하늘과 땅에
마음마저 스며들고

토끼풀꽃

김홍균 작사 작곡

그냥 아무 말없이 토끼풀하얀꽃 서로엮어서

손 가락에 -묶-으면 하-얀 꽃반 지

손 -목에 -두-르면 하-얀 꽃팔 찌

반지끼고팔찌두르면 갑 자기 어른이되고 - 부자가되고 -

꽃반지꽃팔찌 마주앉아서 수줍은그미소 설레던가슴

토-끼풀 -부드러운 그-날 그언 덕

42. 시를 쓰는 사람들

"인생은 살기 어렵다는데 시가 이렇게 쉽게 씌여지는 것은 부끄러운 일"이라고 윤동주 시인은 고백하고 있거니와….

2017년에 처음으로 시집을 출간하였다. 오래전부터 계획했던 일은 아니었다.

2016년 봄에 인공지능 '알파고'와 세계적인 바둑 고수 이세돌이 바둑 5번기를 두었는데, 인간 이세돌이 1승 4패로 무참하게 깨지고 만다. 나의 충격은 꽤나 컸다. 공상과학영화처럼 기계가 지배하는 세상은 이렇게 오는 것인가? 인공지능이 두렵기보다는 기계 냄새가 싫었다는 표현이 더 적절할 것이다. 그래서 나 어릴 적 가난 했지만 사람 냄새 물씬했던 '그런 시절'의 에피소드들을 스케치해 놓고 1년 동안의 퇴고를 거쳐 출간했는데….

'혹시 시를 너무 쉽게 써 버린 것은 아닐까?'

우리나라 사람들은 책을 잘 읽지 않는 것이 솔직한 현실이다. 더구나 시집은 특히 잘 팔리지 않는다고 한다. 그럼에도 불구하고 해마다 많은 시집들이 출간되고 있는 것으로 안다. 등단하지 않은 나 같은 사람도 시집을 출간할 정도가 아닌가?

여기저기 문인 단체들이 널려 있다시피 많아서 누구나 마음만 먹으면 등단할 수 있다는 자조적인 목소리를 내는 문인들도 있다. 그만큼 시의 수준은 낮아졌다고 지적하는 시인들도 많다. 일리 있는 말이다. 시인이고자 하는 사람들, 시를 쓰는 사람들은 새겨들어야 할 것이다.

시집을 출간하고 나니 여러 지인들이 많은 축하와 격려를 보내 주었다.

일찍이 『동아일보』와 『전남일보』 신춘문예에 당선된 윤삼현 시인은 나에게 아예 '시인'이라는 이름을 붙여 주는데 감당하기 어렵다. 역시 오래전에 등단한 김관식 시인 겸 평론가는 내 졸시를 계간 문예지 『문예 창작』에 올려 주었다. 여러 시를 읽고 쓰며 시와 함께 생활하는 친구 최윤동은 자신의 집 골목에 '도시락(圖詩樂) 골목'이란 공간을 만들어 놓고 놓고 유명 인사들의 작품들과 함께 내 시도 전시해 놓았다. 고맙고 기쁜 가운데 걱정이 되기도 한다.

『문예 창작』 발행인인 신기용 선생님께서 원고 청탁을 해 왔다. 이젠 시인이 된 것일까? 나는 시인이라는 이름을 얻고자 시를 쓰지 않았다. 그저 시를 쓰는 일이 즐거웠을 뿐.

언젠가 읽었던 청마 유치환 시인의 글.

"나는 시인이 아니올시다. (중략) 어찌 사슴이 초식동물이 되려고 애써 풀잎을 씹고 있겠습니까?"

[나무 그늘(포즈 모사)] 72.7×60.4cm 캔버스에 유채

은이 이야기*

은이는 커서 시인이 되고 싶어 했다
서해 바닷가
영광 염산에서 태어난 은이는

소아마비를 앓아
목발이
자라지 않는 두 다리를 대신했는데

언제나 웃는 얼굴의 은이는
초등학교 6년 동안
결석 한 번
지각 한 번 없었고
공부 또한 1등이었다
체육만 빼고
체육 시간엔
혼자
스탠드에 앉아
펄펄 뛰는 친구들을
웃으며 바라보곤 했었다

여드름과 함께 찾아온
사춘기의 문턱에서
그 튼튼한 다리들이
뛰며, 달리며, 뒹구는 모습들을
웃음으로 바라보던 은이는

---

* 『도시락』 1권에 실었던 시.

어느 날
운명에게 대들었다

목발을
버렸다

그리고
그 먼 중학교까지
걸어 다녔다
그냥 걸어서 다녔다
자라지 않은 그 다리로 걸어서 다녔다

그러자
운명은 은이에게
병을 주었고
병은 은이를
죽음으로 인도했다
간단히
너무
허망하게

커서 시인이 되겠다던 은이는
불구의 몸에서 배어나는 눈물을
웃음으로 감추기가 얼마나 힘이 들었을까?
언제나 웃는 모습으로
그렇게
열다섯 해를 살고 가 버렸다

동백

김홍균 작사 작곡

바 람 - 스 치 어 도 외 롭 지 - 않 - - 고 눈 -

발 - 날 리 어 도 춤 - 지 - 않 - - 다 붉 은

가 슴 속 그 대 향 한 순 금 빛 찬 란 한 사 랑 으 로

한 세 월 끝 끝 내 흐 트 러 짐 없 는 정 갈 한 미 소

왜 없 었 겠 는 가 그 림 자 같 은 한 스 러 움 조 용 히 끌 어 안 아

그 리 하 여 마 침 내 눈 물 처 럼 후 두 둑 지 는 날 땅 위

에 - 누 - 워 도 추 하 지 - 않 - - 고 흙 속

에 - 묻 - 혀 도 슬 프 지 - 않 - - 다

244
樂

43. 가수와 성악가

일반적으로 가수는 대중가요를 부르는 사람, 그리고 성악가는 가곡이나 오페라를 부르는 사람으로 인식되고 있다. 양쪽 다 노래를 부르는 사람인데….

대중가요 「벚꽃 엔딩」이 중학교 음악 교과서에 실렸다. 시절이 많이 달라졌나 보다.

1990년 가수 이동원과 「향수」를 불렀던 성악가 박인수 교수는 "성악을 모독했다."라는 비난에, 성악가라면 누구나 들어가고 싶어 하는 국립오페라단을 제 발로 걸어 나왔다고 했다.

정지용 시인의 시에 대중가요 작곡가 김희갑이 곡을 붙여 만든 노래 「향수」는 지금까지도 많은 국민들의 사랑을 받고 있지만, 음반이 만들어진 당시에 소위 클래식 음악을 한다는 성악가들은 박인수 교수의 행보가 영 마음에 들지 않았던 모양이다. 성악가가 가수와 같이 노래를 부르는 것이 과연 성악에 대한 모독일까?

클래식 음악의 맥락 안에 있는 성악가들은 자신들이야말로 정통적인 음악인이라는 자부심을 갖고 있을 수도 있겠다. 그러나 자부심이 만에 하나라도 자만심으로 자리 잡아서는 안 될 것이다.

클래식 음악은 일반 대중들이 쉽게 접근하기 어려운 측면이 있다. 그 어려움이 음악으로서 장점일까? 과연 클래식 음악만이 예술적인 음악일까?

이른바 유행가는 서민들이 살아가는 그 시대의 상황을 절절히 반영하고 있어서 대중들의 공감을 쉽게 얻을 수 있다. 대중적인 것은 예술이 될 수 없을까? 구구한 논란이 있을 수도 있겠으나 나는 예술의 의미를 폭넓게 이해하고 싶다.

또, 대중음악은 클래식 음악에 비해 수준이 낮은 음악일까?

문화에 차이는 있어도 우열이 없다는 말이 있듯이, 클래식 음악과 대중음악도 장르가 다를 뿐이라는 것이 나의 생각이다.

'한국인의 정서에 가장 맞은 노래는 뽕짝'이라는 논문도 있다고 한다. 나는 가곡을 좋아하고 성악도 조금 배워 보았는데, 나이 들수록 어렸을 때 들었던 뽕짝 조의 노래도 듣기 좋다고 느껴진다. 그럴 때면, 그 논문의 주장이 맞다는 생각이 든다.

박인수 이후로는 '젊은 성악가'들이 대중음악이 주류를 이루는 「열린음악회」 같은 프로에 스스럼없이 출연하는 경우도 늘어나고 있어, 대중음악과 클래식의 벽이 조금씩 허물어지고 있다는 느낌이 드는 요즈음이다. 최근에는 뽕짝 조의 노래가 주로 불려지는 KBS TV 「가요무대」에서 성악가가 노래하는 모습도 가끔씩 보인다. 나도 뽕짝 조의 노래를 한번 만들어 볼까?

[여명] 150.0×85.0×213.0cm 혼합재료

김경원(1970~)

이화여대 동양학과 졸업, 이화여대 대학원 졸업.
현 경기 원덕초등학교 교환교사로 근무, 개인전 2회, 마니프전 다수.
2019 대한민국미술대전 조각 부문 특선.
가온작가회에서 같이 활동했다. 자신만의 예술 세계를 꾸준히 추구하고 있다.
「여명」이 대한민국미술대전 특선작이다.

노래 속으로

볼륨을 충분히 높여 놓고
스피커 앞에 편하게 앉아
시작 버튼을 누른다

실핏줄을 타고 흐르는
감미로운 Enya의 목소리
몸속 세포들이 파르르 떨며
음파를 타고 출렁인다

생각일랑
잠시 멎어도 좋다
지금 이 순간
내 어찌 노래하지 아니할 수 있으리오
How can I keep from singing!

장승으로 태어나

김병렬 시 김흥균 작곡

나 는 야 저,한 등 아 - 래

동그란빈자리를지키는 나그네라 - 하 마

나 는 야 ,오 도 가 도 못 하 고

우 물 속 에 빠 - 진 새 벽 달 이 라 - 하 마

나 는 야 ,서 릿 달 시 월 처 - 마 밑 에

세 워 둔 마 - 른 수 수 깡 이 라 - 하 - - - 마

나 는 야 빨,래 줄 잡 고 해 종 일

실 랑 이 하 는 바 지 랑 대 가 부 럽,기 도 하 지 만

그 래 도 나 무 딸 수 리 딸 멍 석 딸 잘 익 은 마 을

나 혼 자 지 - 키 - 마

44. 수파리(守破離)

예술의 경지를 수파리(守破離)로 나눌 수 있으니 수(守)란 자기의 것을 지키려는 단계요, 파(破)는 자기의 세계를 깨트리는 단계이며, 리(離)는 모든 것을 떠난 단계라 했다.

담헌(潭軒)에게서 이 말을 듣고 혼자 생각해 보았다.

'나의 예술은 어느 경지쯤에 있을까?' 순간 스스로 얼굴이 붉어졌다. 나의 그림과 시와 곡들이 예술이라고 할 만한 수준인가? 수(守)란 지키는 단계이니, 지키려면 지키고자 하는 자기만의 세계가 있어야 할 것이다. 그런데 나는 이것이 내 모습이라고 할 만한 것들을 이루었다고 생각해 본 적도 없으면서 예술의 경지를 논하려 하다니….

담헌(潭軒) 전명옥(全明玉) 선생은 리(離)의 경지에 이른 사람이라고 나는 생각한다.

서예가로서의 화려한 경력은 그가 세속적으로 이루어 낸 높은 위치를 말해 준다. 그러면서도 초심을 잃지 않고 끊임없이 정진하는 자세에서 구도자의 모습을 볼 수 있다.

사물을 대하는 인식과 자신의 생각을 펼쳐 내는 말에서는 어떠한 고정관념에도 얽매이지 않는 자유로운 영혼을 느낄 수 있다. 아호인 '머엉'에 걸맞은 그의 표정은 오히려 초연하다 할 정도로 여유만만하다.

그가 개인전을 열었을 때 오프닝 행사에서 사회를 보던 큐레이터와의 문답이다.

"선생님의 글씨 중에는 글씨의 획이 화선지의 끝까지 닿아 있는 것도 있어 화선지 밖으로 계속되는 느낌을 줍니다. 혹시 글씨와 우주가 소통하는 한 방법일까요?"

다 알면서 새삼스럽게 묻는다 싶어,

"그냥, 화선지의 여백이 아까워서요."라고 비틀어 대답한다.

"전시된 작품 중에는 표구가 되어 있지 않은 작품도 많은데 무슨 뜻이 있는지요? 혹시, 표구를 하지 않는 것이 더 어울리는지요?"

"팔리지도 않을 작품에 표구는 해서 뭐 하겠습니까? 돈만 들고 보관할 장소도 마땅치 않은데요. 나중에 팔리게 되면 그때 표구해서 드리지요."

그림을 그리거나 시를 쓰면서 또는 곡을 만들면서 가끔 생각해 보았다. 이것저것 찔끔거리지 말고 어느 한 분야에만 매진했더라면, 그 분야에서만은 좀 더 높은 경지에 이를 수 있지 않았을까? 어느 지인이 나의 이 말을 듣고 즉각 답변을 주었다.

"그렇다면 그것은 김홍균이 아니지."

그렇구나! 결국 나는 나다워야 하는 것이다. 나답게 하고 싶은 것을 하면 되는 것이지 경지는 따져서 무엇하랴.

[이것이 무엇인가?]
160.0×50.0cm 화선지에 먹

담헌(湛軒) 전명옥(1954~)

목포교육대학 졸업, 조선대 대학원 졸업.
대한민국서예대전 심사위원장 역임,
한국서예협회 이사장 역임,
현 한국서예협회 고문.
금산사, 월정사, 상원사, 청량사 등 휘호.
개인전 5회, 단체전 다수.
젊은 시절 영광에서 같이 근무했었다.
가끔씩 그를 만나
높은 서예의 경지와 예술관에 대해
듣고 배우는 것은 커다란 즐거움이다.

사랑의 크기

사랑은 이렇게나 커서
하늘과 땅 사이
당신의 온 마음
넉넉히 품을 수 있는

사랑은 이토록 작아서
흔들리는 풀잎
당신의 표정마다에
불안한 가슴 두근거리는

마음

김홍균 작사 작곡

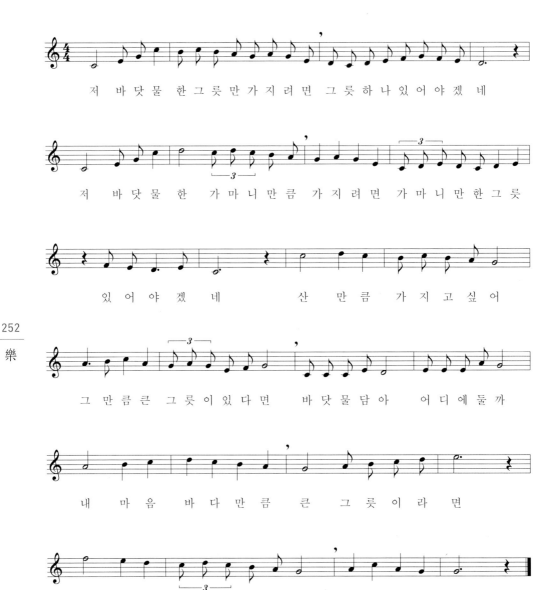

저 바닷물 한 그릇만 가지려면 그릇 하나 있어야겠네

저 바닷물 한 가마니만큼 가지려면 가마니만한 그릇

있어야겠네 산 만큼 가지고 싶어

그 만큼 큰 그릇이 있다면 바닷물 담아 어디에 둘까

내 마음 바다만큼 큰 그릇이라면

내 마음 그대로 두어도 내 것이라네

45. 벗들마당

세상을 살아가는 데 '해야만 할 일'이 있고 '하고 싶은 일'이 있다. 해야만 할 일이, 하고 싶은 일이라면 더없이 좋겠지만….

해야만 할 일은 먹고사는 데 필요한 일이다. 하고 싶은 일은 자아를 실현하는 일이다.

다르게 말해 보자면 해야만 할 일은 물질적 충족을 위한 일이고, 하고 싶은 일은 정신적 만족을 위한 일이다. 하고 싶은 일을 하면서도 물질을 충족시키는 사람들도 있다. 한 번뿐인 인생을 참 잘 사는 사람들이라는 생각이 든다. 굳이 흠을 잡아 보자면 하고 싶은 일을 직업으로 할 때는 그에 따르는 스트레스도 꽤 많을 것이라는 사실이다.

많은 사람들은 하고 싶은 일을 꿈으로 간직한 채, 해야만 하는 일에 몰두하며 살아가고 있다. 물질의 충족이 성공의 척도라고 여겨 그에 만족하는 사람들도 많다.

"어이 송 교수. 가곡 한번 불러 보시게나."

고등학교 동기들이 가끔 모여 술 한잔씩 나누는 자리에 친구 송수근이 참석할 때면 으레 나오는 청이다. 중·고등학교 때 학교를 대표하여 음악 예술제에 단골로 나갔던 그는 사양하지 않고 청아한 목소리를 들려주곤 했는데, 그 모습을 볼 때마다 나는 노래를 좋아하는 사람들이 모여 '작은 음악회'를 열면 참 좋겠다는 생각을 하게 되었다. 그리고 송수근 교수와 의논 끝에 그 생각을 실행에 옮겼다.

음악회라고는 하지만 그야말로 소박한 시도였다.

피아노가 있는 장소를 물색하여 2시간 사용 허가를 받았다. 분당 오리역 부근에 있는 농협의 강당을 무료로 빌렸다. 강당은 넓어 '작은 음악회'를 하기엔 휑해 보이기까지 했다.

작은 음악회를 연다는 소식에 30명 남짓한 동기들과 가족들이 모였다.

송수근, 전인호 두 동기가 노래를 부르고, 고등학교 국어 교사인 동기 김명수가 시를 낭송했다. 출연자가 너무 적어 내 아내에게 찬조 출연을 부탁했다. 아내는 노래와 만돌린 연주를 했는데, 나는 모든 노래의 피아노 반주를 맡았고 아내의 만돌린 연주에는 기타로 화음을 넣었다.

무대 장식도 전혀 없었고 별다른 리허설도 없이 관중들 앞에서 그냥 시를 낭송하고 노래를 부르고 악기를 연주했다. 연출이라고 할 것도 없는 진행이었는데 정말 뜻밖에도 친구들의 반응은 참으로 진지했다. 앵콜이 쏟아져 시와 노래를 한 번씩 더 들려주어야 했다.

그렇게 「벗들마당」은 시작되었다.

꿈을 꾸는 친구들이 모여들었다.

10년 넘게 「벗들마당」이 진행되는 동안 출연자가 스무 명 남짓으로 늘어났다. 시와 수필 낭송, 성악과 기악 연주 그리고 판소리와 민속춤까지, 무대에 서 준 것은 모두 고등학교 동기생인 친구들과 그 가족들이었다.

이곳저곳 옮겨 다니던 무대도 서울 모 초등학교의 문화관 안에 있는 공연장을 고정적으로 대여받아 사용하게 되었다. 우리가 공연하기 알맞은 장소이다.

해마다 「벗들마당」이 진행되고 있던 중에 내 몸속에서 암이 발견되었다. 그러나 암을 치료하는 도중에도 「벗들마당」의 연출은 멈추지 않았는데, 2020년 전 세계를 휩쓸어 버린 코로나바이러스로 인해 현재 잠시 중단된 상태이다.

재경 동창회 사무총장을 맡고 있는 박종철 동기는 "이런 행사는 개인이 아니라 동창회 전체의 행사로 치러야 한다."라며 동창회비에서 행사 비용을 지출할 수 있도록 해 주었다. 더하여 많은 동기들이 찬조금으로 격려를 아끼지 않았다. 그런 따뜻한 정성에 힘입어, 행사에 저녁 식사를 곁들여 제법 풍성하게 치를 수 있게 되었다.

그리고 내가 교장으로 재직했을 때 같이 근무했던 개포초 선생님들도 기꺼이 찬조 출연을 해 주는데, 서로의 근무지가 달라진 후에도 최영아, 태재희, 진혜원 선생님은 목소리를 맞추어 꼭꼭 참석해 주고 있다.

나는 늘 강조한다.

「벗들마당」은 남보다 나은 재주를 자랑하는 자리가 아니라고.

문학과 음악을 사랑하며—꿈꾸며 살아가는 모습을 보여 주는 자리라고.

[겨울 계곡] 40.5×50.0cm 종이에 수채

신우종(1954~)

광주고등학교 졸업, 전남대학교 의과대학 졸업.
현 전주 신우종내과 원장.
고등학교 동기이다. 학창 시절 학교를 대표했던 노래 실력으로
「벗들마당」에 참가하며 가곡 음반도 내었다.

시를 쓰고 싶어서

시를 쓰고 싶어서
그래서 썼다
그 마음이 곧 시가 될 거라 믿으면서

물어보았다,
순수한 시를 쓰고 싶어서
맑은 하늘을 우러르며 살아왔는가?
살펴보았다,
고뇌 어린 시를 쓰고 싶어서
가슴속에 응어리진 눈물이 고여 있는가?
돌아보았다,
치열한 시를 쓰고 싶어서
탁한 소용돌이 속에 몸을 던져 보았는가?

그냥 그렇게 살아와
그냥 그런 시를 쓰기로 했다
평범한 삶 또한 소중한 행복일진대
행복이 배어나는 시가 써질 거라 믿으면서

한소리 노래

김홍균 작사 작곡

한 소 리 우 리 들 의 꿈 한 소 리 피 어 나 는 꿈

너 와 나 마 음 들 을 여 기 에 모 아
소 망 의 씨 앗 들 을 여 기 에 뿌 려

서 로 의 조 각 들 을 하 나 로 기 워
보 람 의 열 매 들 이 영 글 때 까 지

한 줄 기 바 램 으 로 꽃 을 피 우 면
쉼 없 는 정 성 으 로 탑 을 쌓 으 면

누 리 에 번 져 나 갈 고 운 향 기 로
세 대 에 밝 히 어 질 환 한 빛 으 로

피 어 나 는 꿈 한 소 리 우 리 들 의 꿈 한 소 리

D.S

한 소 리

2020. 7. 赵荣亚

제9장

살아가면서

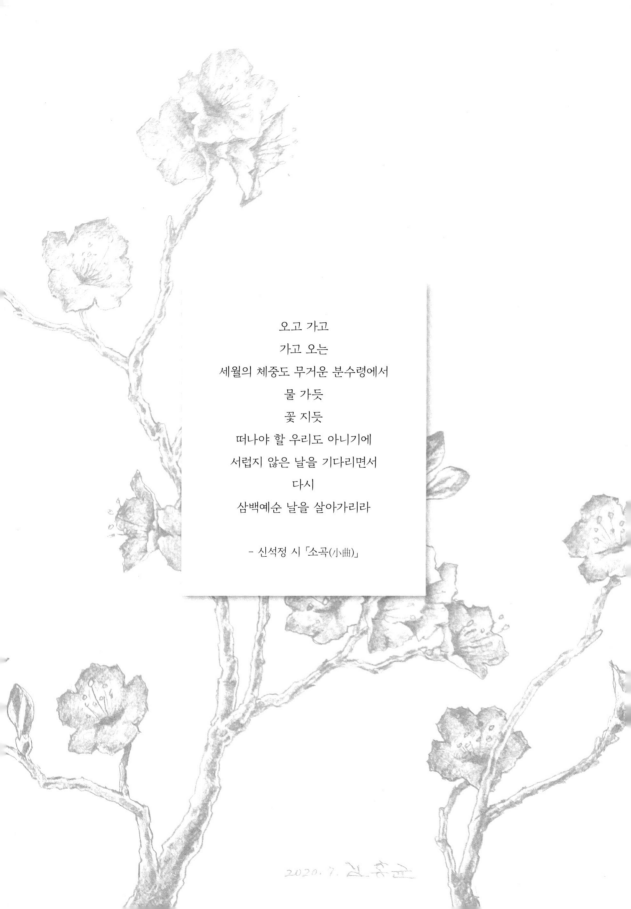

오고 가고
가고 오는
세월의 체중도 무거운 분수령에서
물 가듯
꽃 지듯
떠나야 할 우리도 아니기에
서럽지 않은 날을 기다리면서
다시
삼백예순 날을 살아가리라

– 신석정 시 「소곡(小曲)」

2020. 7. 김옥균

46. 고향─선명한 그러나 낯선

고향은 삶의 인연이 시작된 곳이다. 그래서 향수는 의식의 가장 밑바닥에 자리하고 있는 기억일 것이다. 결코 지워지지 않는….

부모님 묘소에 절을 올리고 소나무에 기대어 방죽 너머 고향 집을 바라본다.

방학 때마다 와서 보는 고향 마을은 언제나 똑같았다. 워낙 오지인 탓일까? 수십 년이 지나도 새로운 건물 하나 들어서지 않고 그 모습 그대로이다. 10년을 다 못 살고 떠난 고향이지만, 그럼에도 불구하고 나이가 들수록 고향이라는 단어는 더욱더 가슴을 설레게 한다. 눈을 감으면 고향의 산천과 어린 시절의 추억들이 그렇게 선명하게 떠오르곤 한다.

그 고향 동네에 그러나 나는 선뜻 들어서지 못하고 그냥 돌아오곤 했다. 설레던 마음은 왠지 낯설고 어색한 생각에 짓눌려 발걸음이 떨어지지 않았다. 사실 마을에 들어서도 만날 사람도 없다. 내 또래들은 모두 고향을 떠났는데, 그렇게 떠난 죽마지우들은 지금 어디서 무엇을 하고 있는지 소식도 모르는데, 남아 있는 이들이 나를 알아볼까?

나 어릴 적에 동네 아낙들은 밤마다 우리 집에 모여 이야기꽃을 피우곤 했었다.

어머니께는 사람을 끌어모으는 그 어떤 힘이 있었다. 혹시라도 동네 사람들끼리 다툼이라도 벌어져 서로 우기다가 결판이 나지 않으면, 결국엔 우리 집으로 와서 하소연하는 일이 많았다. 그럴 때마다 어머니께서는 양쪽이 서로 수긍할 수 있는 원만한 해결책을 제시해 주었는데, 어린 내가 보기에도 마을 사람들은 어머니의 판단을 존중하고 따라 주었다. 도시로 이사하던 날 온 마을 사람들이 동구 밖까지 따라 나와 울던 모습을 나는 지금도 뚜렷이 기억하고 있다. 그렇게 정겨운 사람들이었다.

하지만 아홉 살에 고향을 뜬 나를 사람들이 얼른 알아볼 리는 만무하다. 내 이름을 밝히고 부모님 성함을 말하면 혹시 나를 기억해 줄까? 그러나 일가친척 모두 떠난 고향인데 어떻게 어느 집을 찾아가 "저 아무개입니다." 할 것이며, 그리하여 날 알아본들 또 어떻게 할 것인가? 결국, 하룻밤 지새우며 이야기할 만한 연유를 찾지 못하고 그대로 돌아서고 만다.

그렇게 고향은 낯설기만 했다. 기억 속에 이렇듯 선명한 고향은 어쩌면 추억 속에서만 존재하는 허상일지도 모른다. 적어도 나에게는.

[솔바람] 26.6×20.2cm 종이에 연필 ▷

2019. 4. 3일

낯선 고향

어느 날 돌아와
고향 마을 어귀에 섰을 때
몇 번인가 강산이 바뀌고
더 이상 자라지 않는 내 꿈속에
묻혀 버린 옛날

저만치 텅 빈 골목에
이명으로 맴도는 아이들 웃음소리
물소리 바람소리 여전히 맑은데
어릴 적 헤엄치던 방죽은
왜 저리 좁아졌을까?

멈칫, 어설픈 몸짓으로
다시 나무에 몸을 기대면
가슴속 그리움은 눈물로 흐르고
저기
뛰놀던 길, 숨 쉬던 하늘이
아아
이제는 오히려 낯설어
조용히 눈을 감는다

고향에

김홍균 작사 작곡

눈을 감으라 솔바람소리 가슴을저미면
눈을 감으라 시냇물소리 발이 - 시리면

Fine

먼 - 산 수풀사이 뻐꾸기운 - 다
구불한 논길사이 뜸부기운 - 다

촘촘히엮어지는 지루한나 날 숨가쁜시간과 시 간사이에서

가슴속에스며있던 그리움이 눈물처럼왈칵 치솟거든

D.C.

47. 삶의 뿌리

"한 부모는 열 자식의 배부르지 않음을 걱정하는데 열 자식은 한 부모의 배고픔을 걱정하지 않는다." 그 자식 또한 때가 되면 부모가 될 터인데….

"생명체의 생명은 유한하되 유전자는 계속해서 대를 이어 간다"

언젠가 생명과 유전자에 관한 글을 읽었었다. 그 글은 참으로 냉철하게 유전자의 입장에서 생명에 관해 설명하고 있었다.

지구에서 최초의 생명이 탄생된 이후부터 지금까지 무수한 생명체가 탄생과 소멸을 반복하고 있지만, 유전자는 유한한 생명체의 징검다리를 건너 지금까지 이어져 오고 있다. 유전자는 자신이 들어 있는 유한한 생명체를 조종하여 다음의 징검다리로 이동할 방법을 끊임없이 강구한다. 우리들의 모든 생각과 행동은 뇌가 결정한 의지에 따른 것이 아니라 사실은 유전자의 뜻이라고 그 글은 설명하고 있었다.

"닭은 닭의 유전자가 보다 많은 달걀을 생산해 내기 위해 만들어 낸 기계장치에 불과하다."

나는 이 말을 부정할 만한 어떤 논리도 아직 찾아내지 못하고 있다.

인간도 예외일 수가 없다.

유전자는 대를 이어 가기 위해 생식 본능을 촉발시키고, 그리하여 다음 세대가 만들어지면 할 일을 마친 전 세대는 당연히 폐기된다. 전 세대는 이미 건너와 버린 징검다리이다. 영생을 꿈꾸는 유전자가 다음의 징검다리에 집중하는 것은 지극히 당연한 일이며, 지나 버린 징검다리에 신경을 끄는 것 또한 참으로 자연스러운 일이 아니겠는가?

이른바 '내리사랑'이라는 말이 이처럼 정확하게 과학적으로 설명된다.

비록 그렇다고 해도, 우리 인간들이 유전자의 징검다리에 불과하다고 해도 우리들은—인간들은 그 지나온 징검다리인 부모를 잊지 않는 것 또한 사실이다. 자식들을 돌보는 일에 모든 노력을 기울이며 살아가는 와중에도, 마음 한구석에는 항상 부모에 대한 그리움이 자리 잡고 있지 아니한가? 이 또한 본능일진대 '유전자의 징검다리론' 만으로는 충분히 설명되지 않고 있는 부분이기도 하다.

그렇다. 부모님을 그리워하는데 과학을 따져 무엇 하겠는가? 다만 세상의 많은 사람들이 자식 귀한 줄만 알지 부모 소중한 줄을 모르는 작금의 시대적 현상이 안타까워 유전자 운운한 글을 인용해 보았을 뿐이다. '아! 그래서 세상에는 불효자들이 많은가 보다.' 하고.

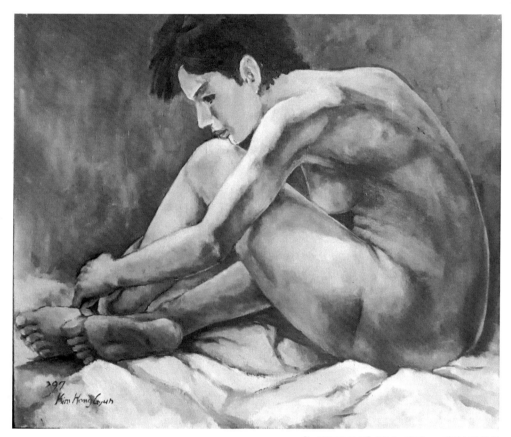

[누드(포즈 모사)] 60.4×72.2cm 캔버스에 유채

먼 길

새벽은 아직 먼데
성급한 닭 울음소리
동짓달 기나긴 밤
짧게 새워 눈을 뜨면
어머니
쌀 씻는 소리
정성을 씻는 소리

가는 길 굽이마다
바람도 차겠거니
넘어야 할 고개마다
땀방울도 맺힐지니
정화수
맑은 물 앞에
손 모으는 어머니

이삭줍기

김홍균 작사 작곡

가 을 걷 이 - 끝 - 이 난 황 량 한 들 - 판

바 - 구 니 - 옆 구 리 에 겨 - 운 늙 은 이

야 윈 허 리 구 부 러 이 삭 줍 는 - 다

석 - 양 에 - 노 을 비 낀 저 - 녁 어 스 름

48. 늙어 가는가, 익어 가는가?

나이가 들수록 늙어 가는 것이 아니라 익어 가는 것이라는 말은 얼마나 멋있는가? 그런데 익어 가는 것이 어디 그렇게 쉬운 일이던가?

어느덧 늙어 버렸다.

머리는 성글어지고 눈은 침침해졌다. 생각과는 달리 몸은 말을 듣지 않는다. 이 모습을 젊은이들이 보면 측은하다 할 것이다. 내가 젊었을 때 그러했으므로.

아직도 입은 살아서 말은 잘도 한다. 유머 감각도 있어서 좌중을 곧잘 웃긴다. 여러 사람들과 이야기를 나누다 보면 아직도 내가 주인공인 것 같은 생각이 들기도 한다. 그러나 이 생각은 순전히 나만의 착각이리라. 누가 늙은이의 말에 귀를 기울여 줄 것인가? 어린아이의 울음소리보다 늙은이의 웃음소리가 더 듣기 싫다고 하지 않는가?

젊은이들과 이야기를 나누다 보면 그들의 생각이 한참 미숙하다고 느껴진다. 그러면 그들은 나의 생각이 원숙하다고 느끼고 있을까? 젊은 시절 나는 늙은이들의 굳어 버린 사고방식에 얼마나 답답해했던가? 요새 그런 늙은이를 꼰대라고 한다지?

갈수록 세상은 숨 가쁘게 돌아간다.

나는 인공지능이 만들어 내는 세상을 거부하고 싶다. 포기라고 해도 좋다. 정말이지 기계 냄새가 나는 싫다. 어린 시절의 기억—농경 사회의 풍습이 무척이나 그립다. 이것은 낭만적인 모습인가, 시대의 변화에 적응하지 못하는 낙오자의 모습인가?

진정 원숙해진다면 늙어도 추하지 않을 것이다. 아니 원숙한 사람은 추하게 느껴지지 않을 것이다. 누구나 늙을진대 추하게 보이지 않고 원숙하게 보이려면 어찌해야 할까?

나는 원숙한가?

자문해 보면 얼굴이 붉어질 뿐이다. 아직도 생각은 사사롭고 언행은 어설프다. 그 순간이 지나면 후회가 되는 말과 행동들이 여전히 많다.

공자는 나이 60을 이순(耳順)이라 했는데, 나는 종심(從心)을 바라보는 나이임에도 사람들의 말이 귀에 거슬리기도 한다. 하기야 공자 같은 성인이 나이 60에 이순이라면 나 같은 범부가 어찌 그와 같기를 바라겠는가?

그래서 생각해 본다. 원숙해진다는 것은 성인의 경지에 오른다는 뜻이 아니라 끊임없는 성찰을 통해 자신의 마음을 다잡아 가는 노력을 일컫는 말이라고.

그렇게 노력하는 자세가 익어 가는 모습이라고.

[기도]

26.8×9.5cm

종이에 수채, 펜

매미

매미, 환희하다
긴 세월 와신상담 굼벵이로 구르다 냄새나는 누더길랑 벗어 던지고
화려하게 치장한 비단 날개, 난 드디어 해냈어!

매미, 절망하다
꿈꾸던 푸른 하늘 잠시 날았더니 문득 가을… 일곱 날을 날기 위해
기어 온 일곱 해가 너무 억울해 저렇듯 절규하는

매미, 회상하다
나는 원래 굼벵이였다고, 땅속에서 기는 것이 내 삶이었다고, 그 고달
픔이 사실은 행복이었다고, 그때는 그것이 행복인 줄 몰랐었다고

매미, 수용하다
부질없더라, 부질없더라 누누이 들어 온 것처럼 삶이란 헛되고 헛되
더라! 쓸쓸한 가을바람에 오히려 담담히 웃으며…

먼훗날

김홍균 작사 작곡

먼 훗 날 에　나 는 살 고 있 어 라

어 릴 적 꿈 꾸 던　그 먼 훗 날 에

너 무 나 멀 - 어　나 와 는　아 무 런 상 관 도 없 을 것 같 던

그 늙 은 나 이 로 어 느 덧　살 고 있 어 라

여 전 히 마 음 은　어 린 그 대 로

허 황 되 게 -　먼 훗 날 꿈 꾸 며　살 고 있 어 라

49. 가는 인연 오는 인연

"일생을 못 잊으면서도 아니 만나고 살기도 한다." ─ 피천득 「인연」. 날마다 만나도 인연이 아닌 사람들도 있으리라.

죽마지우(竹馬之友). 어린 시절 고향 마을에서 함께 뛰놀던 그 친구들은 지금은 모두 어디에 있을까? 그렇게 자주 만나던 일가친척들의 소식 또한 대부분 끊기고 말았으니 서로가 무심한 탓이리라. 인연이 거기까지인가? 이 책을 만들며 여러 사람들의 이름을 굳이 적어 보았다. 인연이라 하고 싶어서.

고등학교 동기들은 모임이 참 많다. 나도 자주 참석하거니와, 만나면 반가운 그 얼굴들은 모두 다 인연일까? 인연이 많으리라.

멀리서 늘 내 건강을 걱정해 주는 대학 동기 배용웅 교장을 광주에 내려가 오랜만에 만났다. 최영완 교장은 다음을 기약했다. 평생 함께하고 싶은 인연이다.

교사들은 정기적으로 학교를 옮긴다. 근무지마다 뜻 있는 동료들끼리 인연을 만든다. 그 인연 역시 이어지기도 하고 사라지기도 하고…

…퇴근 시간이 지났는데 박찬숙 연구부장은 하던 일을 계속하고 있다. 그 일을 돕기 위해 안정희 교육과정 부장도 남는다. 전산 업무 전문가인 김관식 과학부장이 따라 남고, 그 분위기가 좋아 이혜선 체육부장도 퇴근하지 아니한다. 오숙 생활부장은 교실에서 업무를 보고 있는데 교무부장인 내가 어찌 퇴근할 수 있겠는가? 이를 흐뭇하게 바라보던 신진우 교감 선생님께서 저녁을 사시면, 다음 날 "학교 일을 하는데 어찌 교감이 밥값을 내느냐"라며 영수증을 가져오던 박청광 교장 선생님… 이렇게 생활하다가 근무지가 달라져도 20년 넘도록 1년에 수차례씩 만나고 있다. 인연이라 할 만하다.

내가 교장으로 정년퇴임을 했던 서울 개포초등학교 선생님들의 모임에서는, 내가 가장 어른(?) 노릇을 한다. 태재희 선생님이 연락을 취하면, 조정숙 교장 선생님을 비롯해서 이선영, 조미영, 지민하, 진혜원, 채수앙, 최영아, 홍서영 선생님 등이 부리나케 달려온다. 학교의 어려운 일을 먼저 하겠다고 자청하고, 행사 때마다 머리를 맞대 의견을 모으던 선생님들이다. 만나면 반가운 마음에 실컷 떠드는데 늙은이 잔소리가 지겹지 않을는지… 평생 인연이었으면 좋겠다.

종심(從心)을 바라보는 나이에 생각해 본다. 얼마나 많은 인연들이 나를 스쳐 갔는지. 얼마나 고운 인연들이 내 가슴에 남아 있는지…

[영취산의 봄] 60.4×72.2cm 캔버스에 유채

양지우(1947~)

한국방송통신대학교 졸업, 한국교원대 대학원 졸업.
한국일요화가회, 여수교원미전, 여수사생동호회 회원.
대학원 동기이다. 수많은 어려움을 딛고 꿋꿋이 일어서는
그의 삶은 가히 인간 승리라고 부를 만하다.

하류

죽지 않는 자 세상에 없으되
죽음을 아는 자 또한 없다
모든 삶이
죽음을 향하여 흘러가는데
발길 서성이는 오늘은
하류, 그 어디쯤일까?

내 삶의 물줄기가
어디로 어떻게 흘러왔든
어쩔 수 없는 아쉬움은
곳곳에 남아 있을진대
애써 무엇을 또 남기려 하는가?

지나온 하늘에
노을빛 한 점 물들이지 아니한 채
조용히 서산을 넘는 담백한 일몰처럼
언제고 흐름을 멈추는 순간
망설임 없이 바다에 안기고 싶은
오늘은
하류 그 어디쯤

강변 산책

이수동 시　김홍균 작곡

하늘에는　　구름가고　　별－들이　　함께가고

강물따라　　불빛가고　　이야기가함께가고

하늘에는구름가고　　별－들이함께가고　강물따라불빛가고　　이야기가함께가고

눈 썹달 어느새찾－아와　　엿 들으며함께간 다

50. 길 위에서

"인생은 쉬지 않고 걸어가야 할 길이다./삶이 끝나는 순간까지/꿈꾸며 걸어가야 할 길이다." 『도시락』 1권에 실었던 「인생」이란 시의 전문이다.

'인생'이란 단어의 정의에 정답이 있겠는가?
다만, 나름대로 의미 있게 열심히 살아가면 죽음 앞에서 자신의 삶을 되돌아보았을 때 후회가 덜하지 않을까?

우리나라의 내 또래 사람들은 1차 산업혁명이라 부르는 농경 시대에 태어났다.
1970년대부터 시작된 2차 산업혁명 시대를 거쳐, 컴퓨터가 만들어 낸 지식 정보화 시대 즉 3차 산업혁명 시대를 살아오면서, 바야흐로 인공지능 시대라 부르는 4차 산업혁명 시대의 입구에 서 있다.

엄청 빠르게 돌아가는 세상이다.
지구촌 곳곳을 이웃 마을 가듯 갈 수 있는 세상이다.
세계 곳곳에서 일어나고 있는 일들이 실시간으로 생중계 되는 세상이다.
나는 그냥 걷고 싶다.
자동차를 타고 달리기보다는 구불구불 오솔길 걸으면서 뻐꾸기 울음소리를 듣고 싶다.
작은 풀 향기를 맡으며 걷고 싶다.
농경 사회 사람들처럼 살고 싶다.

천천히 걷되 멈추지는 아니할 것이다.
나 스스로 인생은 쉬지 않고 걸어가야 할 길이라 했으므로
꿈을 꾸면서,
그렇게
열심히 걸어갈 것이다.

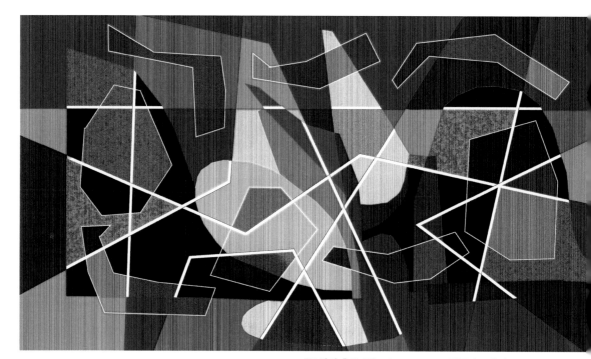

[조화의 추구 19] 50.0×90.0cm 컴퓨터 그래픽

강환춘(1939~)

초등학교 교장으로 명예퇴임, 현 상미술회 회원, 현대미술교육회 회원,
한국사진작가협회 회원, 한국미협, 충청예술초대작가회 고문.
서울초등미술교과연구회에서 같이 활동했다. 연구회의 어른으로서
온화하면서도 고결한 성품으로 모든 후배들의 존경을 받는 분이다.

길

걸었습니다
멀고 먼 길을
내 걸음이 언제 끝날지 모르는 채
딴엔
꾸준히 걸었습니다

어느덧
피곤했습니다
끝은 보이지도 아니하는데
조금
쉬고 싶었습니다

길옆엔
오두막이 있었습니다

조금만 쉬려고 들어간 오두막엔
먹을 것도 있고
편한 잠자리도 있어서
아예
차분히 쉬고 싶었습니다

오두막에 앉아
길을 바라다보았습니다

사람들이 쉬고 있었습니다
사람들이 걷고 있었습니다

저 앞에서
저 뒤에서
쉬는 사람
걷는 사람…

일어섰습니다
왜냐하면
이 오두막이
내 목표는 아니었기 때문입니다

나는
멀리
좀 더 멀리 걷고 싶었습니다
가다가
어느 오두막에서 쉬기보다는
그냥
걷다가 쓰러지기로 했습니다
그래서 걷는 길은
어쩐지
고달프지 않았습니다

길을 가면서

허형만 시 김홍균 작곡

길 을   가 면 서   부처를 만나면 부처를 죽이 고

시 를   만 나 면   시 - 를 죽이려 했는 데

어 쩔 거 나 -   가 도 가 도   끝 없 는 길

부 처 도   시 - 도   보 이 지 않 네

나의 삶—도시락의 재료

"사람들은 다른 사람들의 삶에 그다지 관심이 많지 않다."
— 장영희 교수

참 가슴에 와닿는 말이다.

내 이야기에 누가 귀 기울여 줄 것인가?

그럼에도 이번 도시락 역시 내 삶의 이야기를 재료로 삼을 수밖에 없었다.

그나마 남들이 공감할 수 있을 만한 재료를 고르느라 딴엔 애썼다.

생각이 깊지 못하면서도 주제넘게 지껄인 것 같아 걱정된다.

단점이 많음에도 잘났다는 듯 우쭐댄 것 같아 또한 쑥스럽다.

적어도 사실을 왜곡하거나 부풀리지는 말아야 한다는 생각으로 퇴고를 거듭했다.

별로 특별하지도 않은 삶을 왜 소개하느냐는 핀잔을 들을 것도 같다.

평범하지만 진지한 삶의 기록으로 읽어졌으면 좋겠다.

일단 홀가분하다.

세 번째 도시락은 형식에 얽매이지 않고 보다 자유스럽게 만들 수 있을 것 같다.

도시락을 또 만들 거냐고?

그야, 나의 삶이니까….